살맛 ——— 나는
———
세
상

살맛 ──── 나는

세 상

이주행 지음

보고사
BOGOSA

　이 문집은 제1부 '소의 철학', 제2부 '고독의 웅덩이'로 구성되어 있다. 제1부 '소의 철학'에는 2004년에 발간한 『소처럼 살다 가리라』에 실린 글들 중에서 일부를 삭제하고, 그 이후에 신문과 잡지에 실린 글을 첨가하였다. 제2부 '고독의 웅덩이'에는 그동안 창작한 운문을 실었다.

　소는 성인군자(聖人君子)이다. 소는 인간보다 몇 배 훌륭히 살다가 가는 짐승이다. 인간을 위해 헌신을 하면서도 인간에게 먹는 것, 입는 것, 사는 곳 등에 대해 전혀 불평을 하지 않는다. 사자와 호랑이처럼 연약한 짐승을 잡아먹지도 않는다. 파리 떼가 온몸에 달라붙어 괴롭혀도 저리 가라고 이따금씩 꼬리를 저을 뿐이다. 자신을 위협하지 않으면 절대로 사람이나 다른 짐승을 공격하지 않는다. 자연 그대로 살다가 흔적 없이 저승으로 가는 짐승이 바로 소이다.

　모든 사람이 어진 마음을 가지고 덕을 베풀며 살아서 이 세상이 사랑, 배려, 관용, 신뢰, 풍요(豊饒) 등이 넘치는 곳이 되길 간절히 기원하는 마음으로 집필하고, 이 문집의 이름을 『살맛 나는 세상』으로 정하였다.

이 책을 발간하여 주신 김홍국 사장님께 깊은 감사의 마음을 전한다. 그리고 이 책을 곱게 꾸며 주신 편집부 이소희 님께 고마움을 표한다.

2023년 5월 29일
이주행 씀

제 2 부 고독의 웅덩이

제1부
소의 철학

살맛 나는 세상

소의 철학

어느 날 젖소와 일소를 가득 싣고 마장동의 도살장으로 향하는 트럭이 교차로에 멈추어 있는 것을 우연히 보게 되었다. 소들은 튼튼한 줄로 꽁꽁 묶여 빽빽이 늘어서 있었다. 시골에서 고속도로를 세차게 달려온 탓으로 소들은 하나같이 지쳐 있는 모습이었다. 어떤 소는 너무 많이 울어서 눈이 충혈되어 있고, 어떤 소는 원망과 분노의 눈빛으로 인간을 저주하고 있는 듯하며, 어떤 소는 모든 것을 체념한 듯 커다란 눈망울을 허공에 내던지고 있었다. 그들을 보고 있노라니 인간으로 태어난 나 자신이 한없이 부끄럽고 죄스럽기까지 하였다.

가축 중에서 소만큼 사람에게 보시(布施)를 하는 짐승은 없을 것이다. 그러기에 힌두교도들은 소를 신성시하는지도 모른다. 소가 살아 있을 적에는 한없이 넓은 논밭을 갈고 무거운 짐을 나르는 데 도움을 주거나 우유를 제공하여 인간의 건강 유지에 커다란 도움을 주기도 한다. 그리고 죽으면 소의 온몸이 인간을 위해 쓰인다. 소의 털·가죽·뿔·뼈·꼬리 등은 세공용으로, 그 나머지 것들은 모두 인간의 식용으로 쓰인다. 그래서 소들은 초원에서 풀을 뜯어먹다가 자기들의 삶이 하도 허무해서 허공을 향해 머리를 쳐들고 '음메' '음메'하고 처량히 울어 댄다고 여겨진다. '음메'는 만주어 'eme'와 비슷하다. 'eme'는 '엄마'라는 뜻이다. 자신을 낳은 엄마 아니 조물주가 원망스러운 것이다. 그런데 이렇게 생각하는 것은 좁다란 인간의 머리에서 나온 그릇된 생각일 것이다. 어쩌면 '음메' '음메' 하는 것은 울음소리가 아니라 삶을 달관한 자의 흥겨운 노랫소리인지도 모른다.

한마디로 소는 성자(聖者)이다. 소는 추악하고 간사하며 교활하고 이기적인 인간이 감히 접근하기 어려운 성스러운 존재이다.

소는 과묵하다. 소는 여기저기 다니면서 수다를 떨거나 험담을 하지 않는다. 자신이 할 일만을 하고 남의 일에 눈곱만큼도 간섭하지 않는다. 흥겨워서 노래를 부르거나 풀을 뜯어먹을 적에만 입을 연다. 그 외에는 절대로 입을 열지 않는다. 소와 소끼리 의사소통을 할 경우에는 커다란 눈으로 상대방의 마음을 읽어 알아챈다. 사악한 인간들처럼 상대방을 움직이기 위하여 온갖 수사법을 동원하여 발라맞추거나 알랑거리지 않는다. 공자는 일찍이 "좋은 말이나 좋은 낯을 꾸미는 자는 어짊(仁)이 적다(巧言令色鮮仁矣)."라 하고 "정직하며 과감하고 질박하며 말이 무거운 사람은 어짊(仁)에 가깝다(剛毅木訥近仁)."라고 하였다. 왕숙(王肅)은 "교묘한 말에는 진실이 없고, 좋은 낯에는 실질이 없다(巧言無實 令色無質)."라고 말하였다. 있는 말 없는 말을 최대로 동원하여 아부를 하거나 아첨을 하는 사람은 대체로 어질지 못하다는 것이다. 그러나 소는 말수가 적다. 따라서 소는 어진 존재인 것이다.

소는 인내심이 강하다. 소는 아무리 힘든 일이라도 중도에 포기하지 않고 꾸준히 이루어 내는 습성이 있다. 무거운 짐을 싣고 험난한 수십 리 길을 가거나 한없이 넓은 논밭을 갈 경우에 힘들다고 드러누워 버리거나 화를 내거나 짜증을 부리지 않는다. 그리고 소는 무더운 여름날 파리 떼가 자신의 온몸에 붙어 괴롭혀도 이따금씩 꼬리를 흔들어 쫓는 시늉만 할 뿐 전혀 노여워하지 않는다.

소는 여유가 있다. 소는 일을 할 때나 일을 마치고 집으로 돌아올 적에 성급히 걸음을 재촉하지 않는다. 언제나 유유히 걷는다. 어떤 상황에 처하든 걸음걸이가 일정하다. 결코 서두르는 법이 없다. 소는 무슨 일이든지 서두른다고 결과가 달라지는 것이 아님을 분명히 알고 있기 때문이다. 오히려 서두르는 존재는 소를 부리는 사람이다.

소는 자신의 영리와 영달을 위해서 남을 공격하는 일이 없다. 자기보다 약한 가축들이 외양간에 들어와서 못살게 괴롭혀도 자애로운 표정으로 그들을 바라볼 뿐 육중한 발로 차거나 예리한 뿔로 그들을 해치려 하지 않는다. 다만 자기의 생명에 위협을 느낄 때에만 방어의 자세를 취한다.

소는 신념이 강하다. 소는 자기의 이익에 따라 수시로 신념을 바꾸는 얄팍한 존재가 아니다. 자기가 옳다고 믿으면 어떤 시련과 역경에 부딪히더라도 그의 신념대로 행동한다.

소는 검소한 생활을 즐긴다. 진기한 음식을 가려서 먹으려 하거나, 남에게 잘 보이기 위하여 몸매를 아름답게 꾸미려 하거나, 거처를 으리으리하게 만들려고 하지 않는다. 있는 그대로에 만족하며 살기를 좋아한다. 만물의 영장이라고 자처하면서 첨단 기술을 신처럼 믿으며 시간의 노예가 되어 살아가는, 수많은 인간 중에는 소만도 못한 인간이 얼마나 많은가?

인간들은 세 치도 안 되는 혀를 잠깐 동안 만이라도 그냥 놓아두려고 하지 않는다. 그래서 둘 이상의 인간이 모인 곳에 가면 말이 소음

공해를 일으키고 있다. 남을 사랑하고 칭송하며 위로하고 격려하기 위하여 말하는 것이 아니라 남을 헐뜯고, 저주하기 위하여 수다를 떠는 경우가 허다하다. 그리고 변변치 못한 자신을 내세우기 위하여 온갖 수식어를 써서 요설(饒舌)을 늘어 놓는 사람을 종종 보게 된다. 말을 할 때와 들을 때를 구분하지 못하고, 상대방의 경청 여부에 구애하지 않고 일방적으로 자신만을 위한 이야기에 여념이 없는, 소 만도 못한, 가련한 사람이 우리 주위에 얼마나 많은가? 언어를 창조하여 낸 인간이 언어의 본질을 모르고 언어를 구사하려는 데서 그와 같은 어리석음을 스스로 빚어내고 있는 것이다. 언어란 의사소통의 수단으로 서로 이해하고 사랑하는 데에 그 존재의 당위성이 있는 것이다. 남을 모함하고 비방하고 파멸시키기 위하여 언어가 결코 존재하는 것은 아니다. 이런 평범한 진리를 깨닫지 못하고 언어를 사용하는 사람은 소에게서 그 과묵함을 배우기 위해 힘써야 할 것이다.

버튼을 누르면 쉴 새 없이 움직이는 기계처럼 단 1초의 쉼도 없이 바삐바삐 움직여야 직성이 풀리는 중병에 걸려 있는 사람은 초원에서 유유히 풀을 뜯고 있는 소에게서 '여유'를 배워야 할 것이다. 그리고 조그만 역경에 부딪히면 쉽사리 도피하거나 절망에 빠져 버리는 사람은 무거운 짐을 싣고 수십 리 길을 멀다 하지 않고 꿋꿋이 걸어가는 소에게서 '인내심'을, 그리고 어질고 착한 사람을 괴롭히길 좋아하거나 자신의 출세를 위해 굳은 신념마저도 미풍에 떨어지는 낙엽처럼 내동댕이치는 일을 밥 먹듯이 하거나, 남 앞에서 허풍 떨기를 좋아하는 이들은 소를 가까이하여 소의 심오한 철학을 터득하기 위해 끊임없이 노력하여야 할 것이다.

올해는 소의 해이다. 성자(聖者)의 해이다. 우리 모두 소인배가 아닌 대인(大人), 성자가 되기 위해 소의 철학을 깨달아 대도(大道)를 걸어가야 할 것이다.

〈1985년 1월 22일〉

살맛 나는 세상은 언제 오려나

요사이 '동물의 세계'와 '동물의 왕국'이라는 텔레비전 프로그램을 즐겨 보는 사람이 많다고 한다. 그 이유는 그 프로그램에는 사악한 인간이 등장하지 않기 때문이라고 한다. 맹자(孟子)는 일찍이 사람은 원래 착한 존재라고 말하였는데, 사람들은 이 세상에 태어나 온갖 세파에 시달리다 보니 추악하고 사악한 존재가 되는가 보다. 맹자는 측은지심(惻隱之心), 수오지심(羞惡之心), 사양지심(辭讓之心), 시비지심(是非之心) 등 네 가지 마음 가운데 하나라도 결여되어 있으면 사람이 아니라고 하였다. 이 마음들은 각각 인(仁)·의(義)·예(禮)·지(智)의 근본이 되는 것이기에 어질지 못하거나, 의롭지 못하거나, 예의 바르지 못하거나, 지혜롭지 못한 존재는 사람이 아니라는 것이다. 나는 대학 시절에 『맹자』라는 책에서 그런 말을 접하면서부터 오늘날에 이르기까지 인(仁)·의(義)·예(禮)·지(智)를 골고루 갖춘 사람이 되기 위해서 부단히 애쓰고 있다. 또한 권력과 금력보다도 인·의·예·지를 사람의 더욱 중요한 평가 척도로 삼고 있다. 날이 갈수록 인·의·예·지를 갖춘 사람을 찾아보기가 어려워 살맛이 나지 않는다.

남이 잘못하면 너그럽게 용서하고 감싸려고 노력하는 사람보다 남의 잘못을 침소봉대(針小棒大)하여 그 사람으로 하여금 더욱 비참한 처지에 놓이게 하고서 몹시 즐거워하는 인간이 많다. 우리 민족의 이러한 의식은 먼 옛날에도 내면에 깊게 뿌리를 내리고 있었던 것 같다. 『고려 왕조 실록』이나 『조선 왕조 실록』을 살펴보면, 고려 시대와 조선 시대에도 자신의 출세에 장애물이 된다고 판단되는 인물을 온갖 모략으로 귀양을 가게 하거나 죽인 사건이 매우 많았다. 오늘날에도 두 사람이 모이면 언쟁을 벌이는 경우가 많다. 상대방의 의견도 존중하면서 자기의 의견을 제시하지 않고, 시종일관 상대방의 의견을 무시하고 자기의 의견을 내세우려고만 한다. 상대방이 자기의 의견에 반대하고 자기의 의견을 수용하지 않으면, 몹시 분해하거나 증오한다. 또한 다른 사람들에게 온갖 나쁜 이야기를 하면서 음해(陰害)와 모함(謀陷)을 한다. 대화는 일종의 협동 행위이다. 지혜로운 사람일수록 남의 말을 경청한다. 관음(觀音)할 줄 안다. 어리석고 모진 인간일수록 자신의 생각이 최선의 것으로 착각하고 제 잘난 맛에 살려 한다. 등산을 좋아하는 사람은 날로 늘어가는데, 어질고 착한 사람은 날로 줄어가고 있다. 등산객들은 육체적인 건강만을 위해 등산하지 말고, 공자의 "인자요산(仁者樂山)"이라는 말을 되새기면서 등산하여 어질고 착한 사람이 되기 위해 힘써야 할 것이다.

　엄청난 돈을 횡령하거나 뇌물을 받아서 벌을 받는 이들 중에는 독립투사처럼 전혀 부끄러워하지 않고 당당하게 감옥으로 가는 이가 있다. 그런 이들을 볼 때마다 나는 억제하기 어려운 분노를 느낀 적이 한두 번이 아니다. 그들에게서는 수오지심(羞惡之心)을 읽을 수 없기 때문이다. 그들은 대개 대학 이상을 졸업하고, 이른바 지도층 반열에 끼여 있는 사람들이다. 비인간적인 존재가 리더로서 영향력을 행사하는 사회나 국가는 절망적일 수밖에 없지 않겠는가? 오래 전부터 수단과 방법을 가리지 않고 목적에 도달만 하면 '성공한 사람', '훌륭한 사람'으로 보는 병든 철학이 우리 사회를 지배하여 온 탓으로 오늘날에도 우리나라에 비양심적인 언동을 하고도 전혀 수치스럽게 여기지 않는, 사람의 탈을 쓴 존재가 많은지도 모른다.

'사양지심(辭讓之心)'을 지니고 예의 바르게 사는 이도 많지 않다. 가정이나 사회의 구성원들이 지위 고하를 막론하고 남에게 예의 바른 언동을 하여야 사람과 사람 간의 관계가 원만하게 이루어져 살맛이 나는 법이다. 부모가 자녀에게 지켜야 할 예법이 있고, 자녀가 부모에게 지켜야 할 예법이 있다. 또한 직장의 상사가 부하에게, 부하가 상사에게, 동료 간에 지켜야 할 예법이 있다. 낯선 사람들 간에도 마땅히 지켜야 할 예법이 있다. 그런데 예의를 지키며 사는 사람을 찾아보기가 어려워 살맛이 나지 않는다. 상대방에게 예의 바른 언동을 하려면 뜨거운 인간애와 마음의 여유가 있어야 한다. 우리나라 사람 가운데 상당수가 태아 적부터 죽는 날까지 여유 없이 서두름 속에서 산다. 이런 조급성을 지니게 된 원인(遠因)은 인접국의 빈번한 침략으로 생명의 위협을 받으면서 살아오고, 봄·여름·가을·겨울 사계절의 변화로 그때그때 적응하면서 살아온 데 있지 않은가 한다. 그리고 우리 국민이 조급성을 지니게 된 근인(近因)은 유아 시절과 청소년 시절에 주위 사람들로부터 어떤 행위를 빨리 할 것을 강요당하며 생활하는 데서 찾아볼 수 있는 것 같다. 자녀에게 밥을 먹으라고 말할 경우 먹기도 전에 "빨리 먹어."라고 하거나, 자녀가 식사를 하자마자 "빨리 들어가서 공부해."라고 말하는 부모가 많다. 식당에 가서 음식을 시키고 이내 빨리 가져오라고 재촉하거나, 바쁜 일도 없는데 경주하듯이 차를 과속 운행하는 이도 많다. 서두르면 무례한 존재가 되고, 인간관계가 삭막해질 수밖에 없을 것이다.

주위를 돌아보면 슬기롭게 사는 사람도 많지 않다. 가치 있는 지혜는 스스로 부단히 탐구하여 터득할 수 있는 것이다. 덮어놓고 암기한 지식은 쉽게 망각할 확률이 높고, 살아가는 데 별로 도움이 되지 않는다. 예로부터 우리나라의 교육은 학생이 스스로 문제를 찾아 탐구함으로써 해결할 수 있는 능력을 배양하는 데 초점을 맞추어 행해져 오지 않았다. 그리하여 지혜로 가득 찬 인간보다 단편적인 지식을 지닌 인간을 더욱 많이 배출하게 되었다. 교사가 문제를 풀어 주고 무조건 외우도록 하는 방식으로 교육을 하기 때문에 대학을 졸업한 사람들 중에는 사회생활을 하면서 어떤 문제에 부딪히면 그 문제를 슬기롭게 적극적으로 해결하려 하지 않고, 적당히 해결하고 넘어가려 하거나, 쉽게 포기하여 버리는 사람이 많다. 지금까지 가정과 각급 학교에서는 자녀와 학생의 기호나 건강 상태를 무시하고 획일적으로 음식을 강제로 먹이는 식의 교육을 하여 왔다고 하여도 과언이 아닐 것이다. 이제부터는 그들에게 음식을 만드는 법과 태도를 교육하여야 한다. 그래야 사회생활을 하면서 먹고 싶은 음식이 있으면 언제든지 스스로 해서 먹을 수 있는 것이다. 그런 가운데 일의 즐거움과 삶의 지혜를 터득하게 될 것이다.

단 하루만이라도 온 국민이 일손을 놓고 자신을 반성하는 시간을 가졌으면 한다. 이 세상에 태어나 지금까지 어떻게 살아왔고, 어떻게 살고 있으며, 앞으로 어떻게 살 것인가에 관해 심사숙고하는 시간을 가졌으면 한다. 일정한 날을 공휴일로 정하여 온 국민이 자신이 사람다운 사람 — 측은지심(惻隱之心), 수오지심(羞惡之心), 사양지심(辭讓

之心), 시비지심(是非之心) 등을 지니고 사는 사람―인지를 냉철히 되돌아보고, 참회하는 기회를 가졌으면 한다. 그런 뒤에 온 국민 특히 부모와 각계의 리더가 인(仁)·의(義)·예(禮)·지(智)를 실천하면서 살면, 갈수록 살벌하고 삭막해지는 우리나라도 정말 살맛 나는 세상이 될 것이다.

〈1999년 12월 15일〉

새해의 간절한 기원 (1)

2002년 6월 우리나라가 월드컵 열기로 들끓고 있을 때 나는 학술
진흥재단의 한국학 파견 교수로 중국 베이징에 머물고 있었다. 우리
나라의 월드컵 축구팀이 외국 팀과 경기를 벌일 적마다 우리 가족도
텔레비전 방송 중계를 시청하면서 열렬히 응원을 하였다. 8강전에서
승리를 하였을 적에는 가까이 지내는 한국인 내외와 함께 택시를 타
고 우리나라의 유학생이 가장 많이 거주하는 베이징의 하이땐취(海淀
區) 우따오커우(五道口)로 갔다. 그들과 함께 대형 태극기를 앞세우고
"대~한 민국"을 외치면서 행진을 하였다. 한없이 기뻤다. 그토록 기
뻐한 이유는 우리나라의 축구팀이 강팀을 통쾌하게 이긴 것보다도 내
외 한국인이 일치 단결하면 무엇이든지 이루어 낼 수 있다는 사실을
확인할 수 있었기 때문이었다. 남녀노소가 한마음으로 서로 사랑하고
이끌면서 사는 우리 국민의 미래 모습이 눈에 선하게 다가와 기쁨이
넘쳐흘렀다.

벅찬 기쁨과 희망을 안은 채 2002년 8월 파견 근무를 마치고 귀국
하였다. 귀국한 지 일주일도 안 되어 그러한 기쁨과 희망은 포말처럼
사라져 버렸다. 월드컵 개최 기간에 볼 수 있었던 일치단결된 모습은

찾아볼 수 없고, 여기저기서 사회 계층 간의 갈등, 정치 집단 간의 갈등, 성별 간의 갈등, 세대 간의 갈등, 지역 간의 갈등, 이념 갈등 등 온갖 갈등으로 전국이 분열되는 굉음을 듣게 되었다.

자신의 책무는 다하지 않고 사리사욕을 채우느라 혈안이 되어 양심을 헌신짝처럼 내동댕이치고 사악하게 사는 사람이 날이 갈수록 많아지는 것 같아 안타깝다. 막강한 권력과 수많은 재산과 화려한 명예를 지닌 사람도 언젠가는 반드시 빈손으로 돌아간다는 진리를 망각하고 사는, 한없이 어리석은 사람이 우리나라에 너무 많다. 이러한 진리를 알면 비양심적으로 몰염치하게 사는 사람은 많지 않을 것이다.

우리 국민의 지능지수는 세계 2~3위로 높다고 한다. 이렇듯 두뇌가 명석함에도 불구하고 선진 문화 대국의 대열에 끼지 못하는 요인은 무엇보다도 협력하지 않고 남의 처지를 배려하지 않으며, 시기하고 모함하면서 한겨울 바닷가의 모래알처럼 사는 데서 찾아야 할 것이다. 인터넷 신문의 정치면 기사의 댓글은 대부분 온갖 욕설과 저주로 가득 차 있다. 이러한 행위는 갈등을 더욱 증폭시키고 국론을 분열시키는 구실만 한다. 익명성이 보장된다고 해서 비어와 속어로 남을 비방하는 것은 뒤에서 총을 쏘는 것처럼 매우 비열하고 천박한 행위이다. 예의를 지키면서 자신의 의견을 논리 정연하게 펼쳐야 한다. 남에게서 단 1원이라도 부정하게 받았으면 부끄럽게 여기고 깊이 반성하여야 할 텐데 요사이 여야 정당은 지난해 대기업에서 받은 부정한 돈의 액수를 가지고 이전투구(泥田鬪狗)를 하고 있다. 일반 국민은 경제난으로 힘겹게 생계를 이어 가고 있는데 정치인들은 그러한 실정을 아랑곳하지 않고 좀더 큰 밥그릇을 차지하느라 여념이 없다. 정치(政治)라는 뜻도 모르는 이들이 정치가가 되어 정치를 하다 보니 고래

싸움에 새우등 터진다는 속담처럼 서민들은 하루하루 살기가 힘겨운 실정이다. 온 가족이 자살을 하는 참혹한 사건이 자주 발생하고 있다. 그리고 '이태백(이십 대 태반이 백수)'이란 유행어가 생겨 날 정도로 4년 제 대학을 졸업하고도 실직자가 되어 절망적인 생활을 하는 젊은이가 많다.

새해의 설날에는 온 국민이 각자 과거의 삶을 반성하고 참회하여 새로 태어났으면 한다. 나라 살림을 하는 이들은 나라의 경제 사정이 나아지도록 심혈을 기울였으면 한다. 나라를 통치하는 사람은 국민 간의 갈등을 해소시키고, 온 국민이 화합하고 협동하면서 살도록 선정(善政)을 베풀었으면 한다. 정치가들은 각자의 사명을 깨닫고 국민의 후생복리에 힘쓰기를 바란다. 다른 사람과 갈등을 빚고 있는 사람은 그 요인을 자신에게서 찾고 상대를 이해하는 마음으로 갈등을 해소하였으면 한다. 그리고 온 국민이 서로 격려하고 협동하면서 살아가길 간절히 기원한다.

〈2004년 1월 3일〉

새해의 간절한 기원 (2)

2021년은 신축년(辛丑年), 하얀 소의 해이다. 흰색은 숭고(崇高)함, 순결(純潔), 평화(平和) 등을 상징한다. 예로부터 하얀 소는 성(聖)스러운 동물이라고 한다. 소는 믿음직하고, 착하다. 소는 근면하고, 성실하다. 소는 인내심이 강하고, 검소한 반추(反芻) 동물이다. 이러한 소의 해를 맞이하여 우리나라가 더욱 살기 좋은 나라로 발전하기를 기원(祈願)한다.

2020년 경자년(庚子年)은 정말로 여러 가지 사건도 많이 일어나고, 어려움과 탈도 많은 해였다. 특히 코로나 바이러스의 창궐(猖獗)로 일년 내내 온 국민이 형언하기 어려운 고통을 겪었다. 그리하여 새해를 맞이하는 마음은 예년에 비해 간절히 소망(所望)하는 바가 많다.

새해에는 정부와 일반 국민이 일치단결(一致團結)하여 코로나 바이러스를 소멸시켜서 모든 국민이 건강하고 행복한 생활을 할 수 있기를 바란다. 2020년 1월 20일 우리나라에 처음으로 코로나 바이러스에 감염된 환자가 발생한 이후 지금까지 우리 국민은 온갖 어려움과 아픔을 겪으면서 살아왔다. 우리 국민은 다른 나라의 사람들에 비해 정부의 지시를 잘 이행한다고 생각한다. 정부가 방역(防疫) 대책을 잘 수립하여 방역을 하고, 일반 국민은 스스로 방역 수칙을 준수하면서 생활하여야 한다. 그러면 우리는 머지않아 코로나 바이러스를 반드시 퇴치(退治)할 수 있을 것이다.

새해에는 각계각층의 리더들—교육자, 정치인, 법조인, 군경(軍警) 간부, 사장 등—이 솔선수범하여 잘잘못을 가릴 줄 아는 지적(知的) 능력을 갖추고서 옳은 일을 하길 바란다. 리더의 자격이 없는 사람이 어느 조직체의 리더가 되면, 그 조직체의 구성원들은 그 리더를 경멸하거나, 그 조직체를 위해 헌신하지 않거나, 다른 조직체로 자리를 옮긴다. 결국 그 조직체는 발전하지 못한다. 인간은 불완전한 존재이기에 누구든 실수를 하기 마련이다. 그런데 지혜의 근본이 되는 '시비지심(是非之心)' 즉 옳음과 그름을 가릴 줄 아는 마음과 능력을 가지고 있는 사람이라면 똑같은 실수나 잘못을 반복하지 않을 것이다. 일찍이 맹자(孟子)는 "시비지심이 없으면 사람이 아니다(無是非之心 非人也)."라고 하였다. 진정한 리더라면 시비지심을 지니고 어리석은 언행을 일삼지 않을 것이다.

새해에는 온 국민이 이치적 사고(二値的 思考)를 하지 말고, 다치적 사고(多値的 思考)를 하여 우리나라가 다양성(多樣性)을 존중하는 국가가 되기를 소망한다. 이치적 사고란 어떤 대상을 두 개의 대립된 것으로 나누고 두 개 중에서 한 개를 택하고 다른 것을 버리는 사고방식(思考方式)이다. 요컨대 이것은 정반대가 되는 두 개의 가치 기준을 가지고 모든 것을 판단하고 규정짓는 사고방식이다. 다치적 사고란 두 개의 가치 기준 사이에 폭넓은 차등(差等)을 인정할 줄 아는 사고방식이다. 어떤 대상을 여러 개의 상황으로 나누어 생각하는 것이다. 예를 들면 어떤 대상을 선(善)과 악(惡)의 두 가지로 나누는 대신에 '아주 착함', '약간 착함', '약간 나쁨,' '아주 나쁨' 등의 정도 차이로 나눈다면 다치적 사고방식이 된다. 또 이 두 가지를 절충해서 "어떤 점에서는 착하고, 어떤 점에서는 악하다."와 같이 평가하는 것도 다치적 사고에 속한다.

이치적 사고는 획일주의(劃一主義)를 양산한다. 획일주의는 개인의 다양한 심리, 사고(思考), 행동 등을 무시하고 일정한 틀에 넣어 인위적으로 규격화하고 동질화하는 경향이 있다. 우리나라의 속담에 "모난 돌이 정 맞는다."라는 말이 있듯이 오래 전부터 우리는 획일주의 문화 속에서 살아왔다. 획일주의는 정보 기술 시대인 21세기에 개인이 성공하고, 사회와 국가가 발전하는 데 크게 걸림돌로 작용한다. 이것은 개인이나 조직체의 창의적인 아이디어의 생성과 자유로운 활용을 억제하기 때문이다.

다치적 사고는 다양성을 추구한다. 다양성을 중시하는 사람은 역지사지(易地思之)를 잘하고, 공감적 경청(共感的 傾聽)을 잘한다. 그리고 자기와 다른 의견을 가진 사람을 적대시(敵對視)하지 않는다. 공공(公共)의 이익을 위해 자기의 의견보다 상대방의 의견이 옳고 좋은 경우에는 그것을 흔쾌히 수용할 줄 안다. 그러므로 다치적 사고를 하는 사람들로 이루어진 사회와 국가는 융성(隆盛)한다.

풍부한 지식과 체험은 다치적 사고를 하는 원동력이 된다. 끊임없이 여러 분야의 글을 읽고, 체험을 많이 하여야 다양성을 인정하고 존중하며, 이치적 사고를 지양(止揚)하고 다치적 사고를 한다. 온 국민이 다치적 사고 능력을 갖추도록 하려면 각급 학교에서는 고등 사고 능력 개발을 위한 교육을 철저히 하고, 모든 국민이 다치적 사고를 하는 사람을 존중하여야 한다.

새해에는 온 국민이 역지사지하고, 관용(寬容)을 베풀면서 사는 나라가 되길 간절히 소망한다. 우리는 가정이나 사회에서 그 구성원끼리 여러 가지의 갈등(葛藤)을 겪으면서 산다. 사람들이 갈등을 빚을 때 상대방의 처지를 바꾸어 생각하고, 관용을 베풀면 갈등을 쉽게 해소할 수 있다. 강한 사람은 약한 사람이 처해 있는 사정이나 형편을, 약한 사람은 강한 사람이 처해 있는 사정이나 형편을 바꾸어 생각하고, 상대방의 잘못이나 실수를 너그럽게 받아들이거나 용서하면 심각한 갈등도 쉽게 해소할 수 있다. 스키마(schema)가 풍부하고, 다치적 사고를 할 수 있는 능력을 갖추고, 남을 불쌍히 여기는 마음을 지닌 사람이 남의 처지를 바꾸어 생각할 줄 알고, 관용을 베풀 줄 안다.

새해에는 모든 국민이 예의 바른 언동을 하는 나라가 되길 바란다. 초스피드(超speed) 사회가 되다 보니 예의를 차리지 않고 말과 행동하는 사람들이 갈수록 늘어나고 있다. 국민이 예의를 지키지 않으면 삭막한 나라가 된다. 공자는 일찍이 예(禮)에 대해서 다음과 같이 말한 바가 있다.

> 예에 벗어난 것은 보지 않고, 예에 벗어난 것은 듣지 않으며, 예에 벗어난 것은 말하지 않고, 예에 벗어난 행동은 하지 않는다(子曰, 非禮勿視, 非禮勿聽, 非禮勿言, 非禮勿動).

예(禮)에는 상대방에 대한 존경과 사랑이 내포되어 있다. 상대방에게 무례한 언동을 하는 것은 상대방을 존경하지도 사랑하지도 않는 것이다. 의사소통을 잘하여 인간관계를 잘 맺고 협동하면서 잘 살려면 무엇보다 예의 바른 언동을 하여야 한다.

새해에는 온 국민이 서로 칭찬(稱讚)하고, 격려(激勵)하며, 위로(慰勞)하고, 감사(感謝)하고, 용서(容恕)하는 사람이 되길 소망한다. 남을 질책(叱責)하고, 저주(咀呪)하며, 증오(憎惡)하고, 비난(非難)하며, 험담(險談)하고, 모함(謀陷)하기를 즐기는 사람은 남뿐만 아니라 자신까지 불행하게 만든다. 『주역(周易)』의「문언전(文言傳)」에는 다음과 같은 말이 있다.

積善之家 必有餘慶 積惡之家 必有餘殃(착한 일을 많이 한 집안에는 반드시 남는 慶事가 있다. 즉 착한 일을 많이 하면 후손들에게까지 福이 미친다. 악한 일을 많이 한 집안에는 반드시 남는 재앙이 있다. 즉 악한 일을 많이 하면 후손에까지 재앙이 미친다.)

선(善)은 선(善)을 낳고, 악(惡)은 악(惡)을 낳는다. 현대인들 중에는 이러한 진리를 잊어버리고, 매일 자신의 삶을 반추하지 않으면서 사는 사람이 있어 안타깝다.

신축년(辛丑年) 새해에는 남을 질책하고, 저주하며, 증오하고, 비난하며, 험담하고, 모함하지 말고, 자애(慈愛)로운 소처럼 모든 국민이 서로 칭찬하고, 격려하며, 위로하고, 감사하며, 배려하고, 용서하며 살아서 우리나라가 더욱 살맛 나는 나라가 되기를 간절히 기원한다.

〈2020년 12월 29일〉

서두르지 말자

우리나라의 속담에 "아니 밴 아이를 낳으라 한다."라는 말이 있듯이 우리 국민은 일의 성질을 생각하지 않고 모든 일을 서두르는 경향이 있다. 어디에서나 "천천히, 천천히!"라고 하는 말보다 "빨리, 빨리!"라고 하는 말이 위세를 떨친다. 이로 말미암아 곳곳에서 갖가지 부정적인 결과를 초래하고 있다.

가정에서는 상당수의 부모가 자녀의 지능지수·적성·흥미 등을 무시하고 다른 가정의 자녀보다 자기들의 자녀가 모든 일을 되도록 빠르고 우수하게 잘하여 내기를 강요한다. 그래서 어린 자녀들이 자살을 하거나 문제가 많은 사람이 된다. 관공서와 기업체의 윗사람들 중에는 업무의 경중(輕重)과 난이도를 다각도로 신중히 검토하지 않고 아랫사람들로 하여금 단시일 내에 부여한 일을 완수하길 바라는 사람이 많다고 한다. 그래서 아랫사람들은 윗사람에 대하여 많은 불만을 가지게 되거나 막대한 예산만 낭비하고 부실한 결과를 낳게 된다.

대부분의 자동차 운전자들은 갑작스러운 끼어들기와 차선 바꾸기, 과속, 안전거리를 유지하지 않기 등 교통 법규를 어기면서 곡예 운전을 일삼는다. 이로 인하여 부끄럽게도 우리나라는 세계에서 교통사고의 발생률과 사망률이 가장 높은 나라가 된 것이다. 사용자와 근로자 간의 임금 협상이 타결 직전에 결렬되는 것도 양측의 조급성에서 기인하는 경우가 매우 많다고 한다. 이렇듯 조급성은 좋지 않은 결과를 가져오는 확률이 높다.

인간이 하는 일들은 그 성질이 다양하다. 어떤 일은 대단히 중요하고 수행하기가 어려운 것이어서 시간이 많이 걸린다. 그러나 어떤 일은 그리 중요하지 않고 쉬운 것이어서 시간이 많이 소요되지 않는다. 어떤 일은 어려운 것이지만 짧은 시일 안에 완수하여야 하는 것도 있다. 아는 길도 물어 가라는 말과 같이 우리는 어떤 일을 하기 전에 그것의 가치·목적·방법·예상되는 결과 등을 면밀히 검토한 뒤에 착수하는 침착성을 지녀야 한다. 특히 공무를 처리하는 사람들은 공명심과 사리사욕을 버리고 업무를 수행하여야 한다.

침착성은 지혜와 성공을 낳지만, 조급성은 무지와 실패를 낳는다. 온 국민이 조급성을 버리고 좀더 침착하게 생활하면 우리나라는 정신적, 물질적으로 풍요로운 나라가 될 것이다.

〈1989년 7월 11일〉

리더의 솔선수범

며칠 전 텔레비전을 시청하다가 커다란 충격을 받았다. 어느 텔레비전 방송사에서 기업이 부도가 나는 바람에 빚쟁이에게 시달리거나, 실직을 당한 사람들이 자기 집에 들어가지 못하고 지하철에서 노숙하는 처참한 생활상을 보도한 적이 있다. 날로 번영하던 우리나라가 누구 때문에 이 지경이 되었는가? 무엇보다도 각계의 리더가 각자의 의무와 도리를 다하지 않은 데서 그 원인을 찾아야 할 것이다.

리더는 남을 통솔하고 인도하는 사람이다. 부모·교육자·사장·공공 기관의 책임자 등이 모두 리더에 해당한다. 리더다운 리더가 솔선수범을 하여야 그가 소속하여 있는 조직체 — 가정·사회·국가 — 의 구성원이 잘살 수 있는 법이다.

리더다운 리더가 되려면 혼자만의 노력으로 되는 것이 아니다. 태아 적부터 성인이 될 때까지 부모와 교육자, 그 외의 사람에게서 바람직한 교육을 받아야 한다. 그리고 각자가 어려서부터 스스로 사람다운 사람이 되기 위하여 부단히 노력하여야 한다. 동양의 고전 가운데 하나인 『대학』에는 다음과 같은 말이 있다.

물격이후(物格而後)에 지지(知至)하고 지지이후(知至而後)에 의성(意誠)하고 의성이후(意誠而後)에 심정(心正)하고 심정이후(心正而後)에 신수(身修)하고 신수이후(身修而後)에 가제(家齊)하고 가제이후(家齊而後)에 국치(國治)하고 국치이후(國治而後)에 천하평(天下平)이라 [사물의 이치가 구명된 뒤에야 지식이 이루어지고, 지식이 이루어진 뒤에야 의지가 성실해지고, 의지가 성실해진 뒤에야 마음이 바르게 되고, 마음이 바르게 된 뒤에야 한 몸이 닦아지고, 한 몸이 닦아진 뒤에야 한 집안이 바로잡히고, 한 집안이 바로잡힌 뒤에야 한 나라가 다스려지고, 한 나라가 다스려진 뒤에야 천하가 평화로워진다.].

이 말은 리더가 되는 길을 단계별로 말한 것이다. 심신을 수양하여 사람다운 사람이 된 사람만이 혼인하여 가정을 다스릴 수 있고, 가정을 제대로 다스릴 줄 아는 사람이 교육자·판사·검사·사장·군수·도지사·국회의원·대통령 등이 될 수 있으며, 다양한 조직체를 잘 통솔할 수 있는 것이다.

불행히도 우리나라는 가정·학교·사회·국가 등에서 리더다운 리더를 찾아보기가 쉽지 않은 것 같다. 그 요인은 가정·학교·사회·국가 등에서 덕성(德性)을 경시하는 데 있다. 예로부터 인성이 어떻든 수단과 방법을 가리지 않고 출세하여 돈과 명예와 권력만 향유하면 성공한 사람으로 간주하는 병든 사고가 우리 민족 상당수의 의식 세계에 자리를 잡아 왔기 때문에 역사에 길이 남을 위대한 리더가 많지 않다. 인생의 소중한 가치 덕목인 '사랑·정직·성실·배려·용서·봉사' 등을 몸소 실행하면서 사는 것은 초대형 빌딩을 지을 적에 기초를 다지는 것과 같다. 인격이 결여된 리더는 이러한 기초를 제대로 다지지 않은 상태에서 지은 빌딩과 무엇이 다르겠는가?

우리 대학인은 리더이거나 앞으로 리더가 될 사람이다. 우리는 경제 난국에 처하여 있다고 절망하거나 원망하지 말고, 이 아픈 상황을 전화위복(轉禍爲福)의 계기로 삼아야 한다. 국민 각자가 인간으로서 갖추어야 할 덕목을 갖추고서 살고 있는지를 냉철히 되돌아보고 부족한 점을 보완하는 데 힘써야 한다.

〈1998년 4월 6일〉

권위는 살려야 한다

벌통을 쑤시어 놓은 듯 나라 안이 소란스럽다. 이와 같은 사태를 우리나라가 전보다 더욱 살기 좋은 나라로 도약하기 위하여 필수적으로 겪어야 할 진통이라고 자위하기에는 심히 우려되는 바가 많다.

그중의 하나가 온갖 '권위'를 부정하고 매도하는 현상이 각계각층에 만연하고 있는 것이다. 이것은 국가의 발전을 막는 것이므로 불행한 일이다.

최근에 민주화의 물결과 더불어 우리나라에서 '권위'가 냉대를 받게 된 요인은 무엇보다도 권위를 가지고 있는 사람들이 예로부터 오늘날에 이르기까지 '권위'를 공동의 이익을 위해서 활용하지 않고 자신만의 이익을 위해서 이용하거나, 상대방의 인격보다 자기의 권위를 내세워 처신하여 온 데서 찾아야 한다.

나라가 융성하려면 '권위주의'는 마땅히 없어져야 하지만 '권위'는 싱싱하게 살아 숨 쉬어야 한다. 인간 사회에서 권위가 없어져 버리면 다음과 같은 불행한 결과가 초래될 것이다.

첫째, 유아나 청소년들이 삶의 본보기로 삼고서 살아갈 대상이 없게 된다. 그리하여 그들은 사랑, 용서, 정직, 성실, 인내, 근면, 협동,

헌신, 봉사 등등의 가치를 무의미한 것으로 인식할 것이다. 또한 그들은 자기들에게 알맞은 이상(理想)을 설정하고 그것을 실현하기 위하여 성실히 노력하기보다 본능적인 욕구를 채우는 일에만 몰두할 것이다.

둘째, 모든 권위자는 의욕을 상실하여 가정, 사회, 국가를 위해서 책임과 의무를 이행하지 않을 것이다. 특히 부모의 권위가 자녀들에게 인정을 받지 못하면 방임형 가정이 증가하고, 어린 자녀들이 비인간적으로 자라게 될 것이다. 또한 대부분의 부부가 자녀 두기를 꺼려 인구가 급속히 줄어들 것이다. 그리고 권위자들은 자기들의 전문적인 지식이나 기능을 최대한 발휘하지 않아서 마침내 국가는 쇠퇴하고 말 것이다.

날이 갈수록 사라져 가는 '권위'를 되살리려면 우선 권위를 가지고 있는 사람들이 자기들의 권위를 겸허하게 여기고 이타적으로 활용하기에 힘써야 한다. 그리고 일반 국민은 그러한 '권위'를 인정하고 그러한 권위를 지니고 있는 사람을 공경할 줄 알아야 한다. '권위주의'는 불식하되 '권위'는 시급히 되살려야 한다.

〈1989년 6월 30일〉

불행을 미리 막자

모든 일의 결과에는 그 나름대로의 원인이 반드시 있는 법이다. 우리는 주변에서 미리 알고 대처할 수 있는 문제를 방치하는 바람에 불행하게 된 사람들을 흔히 볼 수 있다.

더구나 우리를 참담하게 하는 것은 거의 비슷하거나 똑같은 불행한 사건 ─ 노사 분규로 말미암은 기업의 도산, 청소년의 비행과 자살, 참혹한 교통사고 ─ 이 반복해서 일어난다는 점이다. 이것은 그 사건과 직접 관련되는 사람들이 사전에 불행한 결과를 예견하고 그러한 사태가 발생하지 않도록 우수한 대책을 강구하여 실행하지 않기 때문이다.

평소에 기업주가 사원들을 뜨겁고 순수하게 사랑하고 신뢰성이 있는 언동을 하며, 사원들도 업무를 자신의 일처럼 생각하고 열성을 다하고 기업주의 처지를 이해하기 위하여 힘쓰면, 노사 분규는 일어나도 쉽게 타결을 볼 것이다. 그리고 부모들도 청소년의 비행이나 자살의 요인에 대하여 미리 익히 알고 어린 자녀를 잘 보살피면, 그 자녀는 정상적인 사람으로 성장할 것이다. 또한 자동차 운전자들도 각종 교통사고의 원인에 대하여 분명히 알고 예방 운전을 하게 되면, 어떤 교통사고도 일어나지 않을 것이다. 이렇듯 무슨 일을 하든지 그 일로 인하여 파생되는 문제점을 미리 철저히 파악하여 해결하면, 걷잡기 어려울 정도로 불행한 사태를 초래하지 않을 것이다.

오늘날 우리나라는 빈부 격차의 심화, 노사 갈등, 마약 사범의 급증, 후천성 면역 결핍증 환자의 증가, 윤리의 부재, 지역 갈등, 이념 갈등, 세대 갈등, 성 갈등, 폭력 난무, 퇴폐 행위 성행 등 갖가지 사회적 질병으로 심하게 앓고 있다.

가정·사회·국가에서 솔선수범하여 일을 하여야 할 위치에 있는 사람들은 사회적 중병에 걸려 있는 우리나라를 치료하기 위하여 온갖 심혈을 기울여야 한다. 호미로 막을 수 있는 것을 가래로 막는 어리석음을 범하지 말아야 한다. 그리고 완치가 된 뒤에도 어떤 병이든 걸리지 않도록 예방에 힘써야 한다. 각계각층의 리더들은 건전한 철학을 가지고 맡은 바 임무를 완벽하게 수행하되, 그와 더불어 파생되는 부작용을 예견하여 미리 막도록 하여야 한다.

불행한 사태가 전혀 발생하지 않아서 호미나 가래가 필요하지 않도록 하여야 한다. 그러면 우리나라는 세계에서 가장 건강한 나라로 장수를 누릴 수 있을 것이다.

〈1989년 7월 10일〉

호화로운 결혼식

사람은 누구나 살다 보면 즐겁고 기쁜 일을 겪기도 하며, 화나고 역겨운 일을 겪기도 한다. 그런데 밝은 일보다 어두운 일을 더 많이 겪는 것 같다.

집에서 만사를 제쳐 놓고서 푹 쉬고 싶은 토요일이나 일요일에 나는 친지의 자녀 결혼식에 가서 이따금씩 역겨워할 때가 있다. 예식장 출입구에서부터 주례 단상에 이르기까지 고급 양탄자가 깔려 있고 천장에는 휘황찬란한 샹들리에가 매달려 있다. 결혼식이 시작되면 신혼부부의 성장 과정과 두 사람의 다정한 모습을 찍은 사진을 보여 준다. 이것이 끝나면 예식장 중앙에 세로로 나 있는 길 양 옆에 약 30cm 간격으로 온갖 꽃들이 놓여 있고 화려한 카펫이 깔려 있는 곳으로 비싼 예복을 입은 신랑과 신부가 주례 단상을 향하여 들어온다. 혹은 신랑과 신부가 개선 장군처럼 식장의 오른쪽 위에 설치되어 있는 전차를 타고 입장하기도 한다. 주례의 주례사가 끝난 다음에는 관현악단이 축가를 연주하고, 신혼부부의 친지들이나 초청한 가수가 축가를 부른다. 1부가 끝난 뒤에 신혼부부가 5단 케이크를 자른다. 최근 어느 신문에 이와 같이 혼례식을 올리는 데 무려 1억 원 이상의 돈이 든다고 한다.

신랑과 신부 혹은 그들의 부모가 주체하지 못할 정도로 많은 돈을 가지고 있는 거부(巨富)라면 굳이 비난할 필요가 없을 것이다. 눈에 넣어도 아프지 않은 소중한 자녀의, 일생에 한 번밖에 없는 결혼식을 좀 무리해서라도 호화롭게 치르는 것이 무슨 문제가 있느냐고 반문하는 이도 있을 것이다. 그런데 한 순간 남에게 과시하기 위하여 어마어마한 돈을 낭비하면서 화려한 결혼식을 올리는 것은 허망한 일이라고 생각한다.

문제는 많은 축하객이 호화로운 결혼식에 무감각하거나 돈을 쓸데없이 낭비를 한다고 속으로 비난하는 데 있다. 축하객 중 상당수는 혼주와 눈인사를 나눈 뒤 결혼식장에 들어가지 않고 식당으로 가서 식사만 하고 돌아간다. 결혼식이란 한 남자와 한 여자가 부부의 인연을 맺는 의식이다. 이 의식에서 가장 중요한 것은 신랑과 신부가 사랑과 믿음을 주고받으면서 행복한 가정을 꾸며 갈 부부가 될 것을 굳게 약속하는 것이다. 여기에는 허세가 필요하지 않다.

요사이는 결혼관도 바뀌어 결혼한 지 3년 이내에 이혼하는 사람도 많다고 한다. 앞으로 일생 동안 여러 번 이혼하고 결혼하는 이도 더욱 많아질 것이다. 결혼하는 자녀 중에는 실업자가 있어 매월 생활비를 부모에게서 타다가 쓰는 사람도 있다. 그런 돈을 실업자인 자녀에게 사업 자금으로 사용하도록 하는 것이 더 가치 있는 일일 것이다. 그렇지 않으면 식비, 치료비, 자녀 교육비 등을 걱정하는 궁핍한 사람에게 그런 돈을 주면 얼마나 고마워하겠는가?

피와 땀을 흘려 정정당당히 번 돈은 값지게 쓸 때 그 의미가 있는 법이다. 허례허식을 하는 데 돈을 쓰는 것은 몽매한 짓이다. 이러한 허례허식을 가장 즐기는 사회 계층은 상류와 중류 계층이다. 우리나라의 이러한 계층에 속하는 사람들 중에는 스스로 성실히 노력하여 그 계층에 속하게 된 사람들보다 부모의 힘이나 변칙적인 방법으로 쉽게 그 계층에 속하게 된 사람이 적지 않다. 그래서 그들은 하류 계층에 속하는 사람에게서 존경을 받기보다 미움을 더 많이 받는지도 모른다. 이제부터라도 상류와 중류 계층에 속하는 사람들 중에서 허례허식을 즐기는 사람은 허세를 버리고 불우한 이웃을 돕는 데 인색하여서는 안 된다. 그리고 자녀의 결혼식도 검소하게 치러야 한다. 신랑과 신부 양가의 친지들이 참석한 가운데 조촐하게 식을 올리면 된다. 그러면 다른 계층에 속하는 사람들도 그것을 본받아 호화로운 결혼식을 치르느라고 무리하지 않을 것이다.

〈2004년 10월 5일〉

중국은 용으로 변하고 있는데

2001년 9월 1일 한국 학술 진흥 재단의 한국학 파견 교수로 선발되어 1년 동안 중국 베이징에 있는 중앙민족대학교 조선어언문학계에서 한국어학을 교육하기 위해 가족과 함께 베이징 공항에 도착하였다. 그해 4월 5일 가장 사랑하는 어머니와 갑자기 영원히 이별하고 한동안 정신적인 공황 상태에서 나날을 보냈는데 중국 비자 발급마저 늦어져 정신적·육체적으로 기진맥진한 상태인 채로 베이징에 갔다. 그날 늦여름의 햇볕은 현기증을 느낄 정도로 따가웠다. 마이크로버스를 타고 우리 가족을 마중하러 나온 조선어언문학계 교수 세 분의 안내로 미리 마련하여 놓은 숙소로 갔다.

숙소는 중앙민족대학교 교직원이 집단으로 거주하는 곳에 있었다. 숙소는 전 층이 5층인 아파트의 4층에 있는 약 25평 크기의 집이었다. 방이 세 개인데 그중 한 방에는 에어컨이 설치되어 있었다. 거주지의 주변 길은 아스팔트로 포장하기 위해 자갈이 깔려 있었다. 집 앞에는 난방 시설을 갖춘 우중충한 건물이 한 채 있었다. 그해 겨울까지 연탄으로 난방을 하는 건물이었다. 더운 날에는 러닝셔츠에 반바지 차림으로 다니는 남자들이 있었다. 여자들 중에는 한낮에 파자마

바람으로 오가는 이도 있었다. 처음에는 그들의 모습을 보고 우리의
생활 문화와 달라 당황하기도 하였다. 중국인들은 남녀노소를 불문하
고 멀리 오갈 적에 주로 자전거를 이용하고 있었다. 나도 1주일이 지
난 뒤에 중국 돈으로 80위안(圓)을 주고 중고 자전거를 구입하여 3개
월 정도 타다가 150위안을 주고 새 자전거를 사서 탔다. 그 자전거는
귀국할 즈음에 우리나라의 유학생에게 주었다. 자전거 도둑이 있다고
하여 타지 않을 적에는 한 달에 15위안씩 받는 주차장에 자전거를
맡기고 30위안짜리 자물쇠로 잠가 놓았다.

숙소에서 중앙민족대학까지는 걸으면 20분이 소요되는데, 자전거
를 타고 가면 10분 정도밖에 걸리지 않는다. 자동차가 다니는 도로는
대부분 포장되어 있지만 파인 곳이 많아서 차들이 지날 때마다 먼지
를 일으켰다. 1위안짜리 버스는 냉난방 시설이 되어 있지 않은데, 4위
안짜리 버스는 냉난방 시설이 되어 있고 다음에 내릴 곳을 운전석 위
에 설치되어 있는 프롬프트(prompt)로 알려 주었다. 1위안짜리 버스
는 대체로 가난한 사람이 주로 타고, 4위안짜리 버스는 중산층 이상
의 사람이 타는 것 같았다.

베이징의 하늘은 흐린 날이 많았다. 그것은 연탄을 사용하는 집이
많고 내몽골에서 바람을 타고 날아오는 황사 때문이라고 한다. 덥다
가 갑자기 추워지기 때문에 푸른 잎이 노랗고 빨간 잎으로 변하지 않
고 그대로 낙엽이 되어 떨어진다. 겨울에는 삭풍이 얼마나 강하게 부
는지 창틈을 테이프로 막아 놓아도 그 사이를 뚫고 괴이한 소리를 내
며 모래와 함께 실내로 들어왔다.

베이징 사람들의 빈부 격차는 상상을 초월한다. 부자들은 고대광실
에서 사는데, 가난한 사람들 중에는 집이 없어 살을 에듯이 추운 겨울

에 골목에 놓인 손수레에서 이불을 덮고 자는 사람들이 있다. 한여름 조그만 상점의 어린이들은 땅바닥에 자리를 깔고 잠을 잔다. 가난한 이들 중에는 추운 겨울에 구름다리 위에 쪼그리고 앉아 지나가는 사람들에게 구걸하는 이도 있다. 부자들은 매우 비싼 외제 차를 타고 다니는데, 가난한 이들은 자전거조차도 타지 못하고 걸어다닌다. 대로변에는 고층 건물이 늘어서 있지만 그 뒷골목에는 금방이라도 무너질 듯한 집들이 있다. 중산층 이상의 사람들은 음식비가 비싼 식당에서 식사를 하는데, 가난한 이들은 1위안 이내의 국수나 만두로 한 끼 식사를 한다. 이따금 매우 비싼 스포츠 무개차에 여자 친구를 옆자리에 태우고 고속으로 달리는 젊은이가 있는가 하면, 그것을 부러운 눈으로 멍하니 바라보는 청소년이 있다.

거대한 중국을 다스리는 핵심 인물은 6,000명 정도라고 한다. 공산 국가라 좁은 도로변의 집들을 단기간에 허물고 넓은 길을 낸다. 여기저기서 재건축을 한다. 단독 주택으로 이루어져 있던 곳에 고층 아파트가 들어선다. 중국은 빠른 속도로 발전하고 있다. 미국의 맥도널드[麦当劳]와 KFC[甘德基]는 늘 손님으로 북적거린다.

중국에서 생산되는 농산물은 우리나라보다 훨씬 싼값으로 사 먹을 수 있다. 품질이 좋은 쌀값은 우리나라의 4분의 1밖에 되지 않는다. 커다란 수박 한 개는 우리나라 돈으로 약 1200원에, 사과는 150원이면 살 수 있다. 그 밖의 과일도 우리나라보다 훨씬 싸게 살 수 있다. 다만 같은 과일이라고 하더라도 수입한 것은 국내에서 생산된 것보다 배 이상 비싸다. 공산품의 질은 우리나라보다 뒤떨어지는 편이다.

베이징의 북서쪽에 자리 잡고 있는 중꽌춘(中關村)은 각종 전자 제품을 파는 상점이 여기저기에 있고, 정보 기술을 연구하는 젊은이가 모여 사는 곳이다. 이곳은 서울 강남의 테헤란로와 같은 곳이다. 미국에서 유학하고 귀국한 젊은이들이 밤을 지새우면서 정보 기술 개발에 심혈을 기울인다고 한다.

대학생들의 영어 학습 열기는 매우 뜨겁다. 이른 아침에 대학의 교정에서 큰 소리로 영어 책을 읽는 학생을 많이 볼 수 있다. 중앙민족대학교 학생은 모두가 기숙사 생활을 하기 때문에 밤 10시까지 교실에서 공부를 한다. 그리고 학교 도서관은 공부하는 학생들로 늘 만원이다.

중국은 깊은 잠에서 깨어나 무서운 속도로 성장하고 있다. 중국을 통치하는 이들은 눈부신 발전을 화려한 언어로 떠들지 않는다. 중국의 지식인들은 자기 나라에 대한 긍지와 자부심이 대단하다. 그들은 2015년 이내에 세계 최강의 나라가 될 것이라고 확신하면서 일사불란하게 조용히 차근차근 막강한 미래를 준비하고 있다.

앞으로 중국으로부터 지대한 영향을 받을 우리나라는 어떠한가? 온 국민이 합심하여 머리를 맞대고 좀더 살기 좋은 삶의 터전을 만들기 위하여 노력하여야 하는데, 매일 온갖 갈등으로 허송세월을 하는 것 같아서 매우 안타깝다.

〈2004년 9월 22일〉

묵은해를 보내면서

사람마다 연말(年末)을 맞이하여 묵은해를 보내는 마음은 제각기 다를 것이다. 노총각과 노처녀는 전광석화(電光石火)처럼 지나가는 세월이 원망스러울 것이며, 고희(古稀)가 훨씬 지나버린 노인들은 삶의 덧없음을 탄식할 것이다. 그리고 늦게 결혼하여 느지막하게 갓난아기를 가진 부부들은 세월의 흐름이 느리게 여겨져서 초조해 할 것이고, 묵은해에 사업에 실패하여 고통을 많이 겪은 사람은 어서 이 해를 보내고 희망찬 새해를 맞이하고 싶은 마음뿐일 것이다. 그런데 나는 우리 온 국민이 각자의 사사로운 감회나 생각 등을 잠시 접어 두고 미래지향적이며 기본적인 철학의 정립에 몰두하는 계기로 삼았으면 하는 바람을 금할 길이 없다. 1979년 10·26 사태가 일어났을 때에도 필자는 이와 같은 생각을 한 적이 있다.

이 지구상의 대부분의 사람은 기계 문명의 발달과 더불어 정신주의(精神主義)보다 물질주의(物質主義)를 더 중요하게 여기면서 살아간다. 우리 국민도 예외는 아닌 것 같다. 이로 말미암아 우리 주위에는 사람다운 사람보다 사람답지 않은 사람이 날로 늘어가는 추세에 있다. 부모가 매월 용돈을 넉넉히 주지 않는다고 부모를 폭행하는 자식이 있는가 하면 자기들의 요구를 들어주지 않는다고 스승을 감금하고 폭행하는 학생이 있다. 그리고 사소한 말다툼 끝에 흉기로 친구를 살해하는 사람이 있고, 유흥비를 마련하기 위하여 절도나 강도질을 하는 사람이 있다. 이와 같이 우리 사회에는 수단과 방법을 가리지 않고, 언행을 삼가지 않으며, 남이야 어떻게 되든 전혀 상관하지 않고 자신의 목적이나 욕구만 채우면 그만이라는, 살벌한 철학이 만연되어 가고 있다. 살기 좋은 가정·직장·사회·국가 등이 되려면, 그 구성원들이 건전한 철학을 가지고 살아야 한다.

우리나라는 8·15 광복 이후 1960년대까지만 하더라도 경제적인 면은 빈곤하였으나 정신적인 면—예의 바르고, 인정이 넘침—은 풍요로웠다. 그러나 그 후 20여 년이 지난 1980년대의 우리나라는 그와 반대의 상황에 처해 있다. 이와 같은 결과를 낳게 된 요인(要因)은 무엇보다도 통치자들의 정치 철학의 결핍에서 찾아볼 수 있을 것이다.

이상적(理想的)인 정치 철학은 정신주의와 물질주의가 조화하고 융합한 것이어야 한다. 단군 조선의 건국 이념이 홍익인간(弘益人間)—이 세상을 널리 이롭게 함—이었듯이 우리 민족은 예로부터 '나'보다는 '남'을 위하면서 살아왔다. 그러기에 인간관계를 맺을 때에는 '예의(禮儀)'를 매우 중시하였다. 그리하여 우리말이 세계의 육천여 종의 언어 가운데 경어법이 가장 발달한 언어가 된 것이다. '예의'는 남의 인격을 존중하고 사랑하는 것을 언동으로 표현하는 것이다. 무례하게 남을 대하는 것은 바로 상대방을 사랑하지 않거나 경멸하는 것을 뜻한다. 그런데 오늘날 우리나라에는 무례한 언동이 정상적인 것이고, 예의 바른 언동이 비정상적인 것으로 잘못 알고서 무례한 행동을 일삼는 사람들이 날로 늘어가는 것 같아서 대단히 안타깝고 두렵다. 생활하기가 좋은 가정, 직장, 사회, 국가 등의 필수 요건은 '예의'이다. 즐거운 인생을 영위하려면, 무엇보다도 예의 바른 말과 행동을 하여야 한다. 예의는 인간을 사랑하고 인격을 존중하는 마음을 반영하는 것이므로 사랑이 넘치는 환경 속에서 살려면, 솔선수범하여 예의 바른 언동을 하여야 한다. 새해에는 우리 온 국민이 예의 바른 국민이 되어 옛날의 '동방예의지국(東方禮義之國)'이라는 자랑스러운 칭찬을 외국인들에게서 다시 들을 수 있도록 힘쓰길 간절히 기원한다.

또한 권력·돈·명예 등보다 인간에게 더욱 소중한 것은 하늘을 우러러 한 점 부끄러움이 없이 어질게 사는 것이다. 공자는 일찍이 다음과 같이 말한 바가 있다.

> 부귀(富貴)는 누구든지 탐을 내는 것이지만, 올바른 방법으로 얻은 것이 아니면 누리지 마라. 빈천(貧賤)은 누구나 싫어하는 것이지만 세상이 나빠서 내가 빈천에 처하게 되었다면 구태여 빈천을 버리지 마라. 군자(君子)가 인도(仁道)를 버리면 군자의 이름을 지킬 수 있겠는가? 군자는 밥을 먹는 시간일지라도 인(仁)을 어기지 말고, 다급한 때라 할지라도 반드시 인(仁)에 의지하고, 좌절하여 쓰러질 때에도 반드시 인(仁)을 지켜야 한다(富與貴 是人之所欲也 不以其道得之 不處也. 貧與賤 是人之所惡也 不以其道得之 不去也. 君子去仁 惡乎成名. 君者無終食之間遠仁 造次必於是 顚沛必於是).[논어, 이인편(里仁篇) 5]

공자도 빈천보다 부귀를 더 좋아하였다. 그런데 그는 인(仁)과 도(道)를 더욱 소중히 여겼다. 그는 인도(仁道)를 버리고 얻은 부귀영화는 덧없는 것이므로, 가난하고 천하더라도 인도(仁道)에 따라 살아야 즐거운 삶을 누릴 수 있음을 역설하였다. 출세하거나 돈을 벌어 풍요롭게 사는 사람들 가운데 양심에 따라 어질게 사는 사람보다 비양심적으로 악하게 사는 사람이 더 많은 것은 사회가 병들어 있기 때문이다. 한자인 '인(仁)'의 ' 亻'은 '人'으로 사람을 뜻하고, '二'에서 위의 '一'은 '하늘'을 뜻한다. 그리고 아래의 '一'은 '땅'을 뜻한다. 하늘과 땅은 이 지구상의 모든 사람에게 평등하게 대한다. 뜨거운 햇볕을 쬐고 싶어서 들판에 서서 하늘을 바라보는 사람에게 하늘은 뜨거운 햇볕을 쬘 수 있게 하여 주고, 땅은 곡식이나 화초를 심어 기르고 싶어 하는 사람에게 그렇게 할 수 있도록 하여 준다. 이렇듯 '인(仁)'은 하늘과 땅과 같이 모든 사람에게 공평하게 어짊을 베푸는 것을 뜻한다. 그러므로 인자(仁者) 즉 어진 사람은 높디높은 산처럼 누구든지 변함없이 포근하게 대접한다. 어진 사람은 남의 잘못을 들추어내어 공박하려 하지 않고 오히려 용서하며 감싸 주려고 애쓴다. 그리고 자기의 이익보다 남의 이익을 먼저 생각한다. 그에게는 인생의 대차대조표니 손익계산서라고 하는 것이 없다. 그는 남을 즐겁게 하여 주는 가운데 언어로 표현할 수 없는 희열을 맛보면서 살아가는, 거룩한 존재이다.

돌아오는 새해에는 우리 온 국민이 어진 사람[仁者]이 되길 간절히 기원한다. 정정당당하게 얻지 못한 막강한 권력, 엄청난 돈, 화려한 명예 등은 한 결의 흉한 바람과 같은 것이다. 그리고 성실히 노력하여 떳떳이 얻은 권력이나 돈이라 할지라도 '어짊'을 바탕으로 하지 않고 쓰면 없는 것만 못한 것이다. 그러나 성실히 힘써 양심에 부끄러움 없이 얻은 권력이나 돈을, 그것이 없는 사람들을 위하여 어질게 베풀면서 사는 것은 가장 의의 있는 삶이라고 할 것이다. 무더운 여름에 수많은 사람에게 시원함을 선사하기 위하여 매서운 추위 속에서 벌거

숭이가 되어 자신을 단련하는 플라타너스처럼 우리 온 국민도 냉철한 이성으로 자신을 되돌아보고 더욱 어진 사람이 되어서 양심에 따라 의무와 도리를 다하며 어진 삶을 영위하겠다고 굳게 다짐하는 연말이 되었으면 한다.

〈1988년 11월 26일〉

사람다운 사람

우리 민족은 예로부터 정이 넘치고 나의 이익보다 남의 이익을 더욱 소중히 여기며 양심에 부끄러움 없이 깨끗하고 예의 바르게 살기를 좋아하는 민족이었다. 물질적인 면보다 정신적인 면을 소중히 생각하였다. 그래서 이기적인 사람보다 이타적인 사람이 많았고 무례한 사람보다 예의 바른 사람이 많았다. 그리고 비양심적인 사람보다 양심적인 사람이 많았다. 이로 말미암아 이기적이고 무례하거나 비양심적인 사람은 고개를 들고 살 수가 없었다.

그런데 오늘날 우리 사회의 현실은 어떠한가? 텔레비전 방송을 시청하고 신문을 보기가 두려울 정도로 가슴 아픈 사건들이 전국 곳곳에서 날이 갈수록 많이 일어나고 있다. 돈을 버는 일이라면 수단과 방법을 가릴 필요가 없다고 생각하는 사람이 날로 늘어가고 있다. 이와 같은 현상은 사람의 탈을 썼지만 사람이 아닌 존재가 점점 늘어가는 반면에 사람다운 사람이 점점 줄어 감을 입증하는 것이어서 우리나라의 장래를 심히 우려하지 않을 수 없다.

날이 갈수록 살벌한 사회가 되어 가는 요인을 과학 문명의 발달과 인구의 폭발적인 증가에서 찾는 사람들도 있다. 그런데 그것은 국가·

사회·직장·가정 등에서 바람직한 철학을 가지고 사람답게 살아야 할 위치에 있는 사람들이 그와 같이 살지 않는 데서 찾아야 할 것이다.

맹자(孟子)는 일찍이 다음과 같이 말한 바가 있다.

사람에게는 누구나 남의 고통을 그냥 보고 넘기지 못하는 마음이 있다. 옛날에 성왕(聖王)들도 이와 같은 마음을 가지고 있어서 백성들의 고통을 그냥 보고 넘기지 못하고 불쌍히 여기는 정치를 하였던 것이다. 남의 고통을 그냥 보고 넘기지 않고 긍휼히 여기는 정치를 한다면 천하를 마치 손바닥 위에 놓고 굴리듯 힘들이지 않고 잘 다스릴 수가 있을 것이다.

남의 고통, 슬픔, 불행 등이 나의 일처럼 생각되어 그냥 넘기지 못하는 마음을 '불인인지심(不忍人之心)'이라고 한다. 맹자는 사람이라면 누구든지 이와 같은 마음을 가지고 있다고 생각하였다. 남의 아픔을 이해하고 함께 아파하는 마음이 없는 존재는 진정한 의미의 사람이라고 하기 어려운 것이다. 이런 마음을 전혀 가지고 있지 않은 인간이 통치자나 직장의 대표나 부모가 될 경우에 그가 다른 사람들에게 미치는 악영향은 매우 큰 것이다.

'덕성(德性)'과 '지성(知性)'을 지닌, 사람다운 사람이 통치자가 되면 온 국민은 편안한 마음으로 생업에 종사하며 행복한 생활을 영위할 수 있을 것이다. 인권을 유린당하거나, 굶주림에 허덕이거나, 병으로 고생하거나, 치안 부재로 밤거리를 홀로 산책하지 못하는 국민은 없을 것이다. 또한 '덕성'과 '지성'을 지닌 사람이 어느 직장의 대표라면 그 직장의 구성원들은 서로 사랑을 주고받으며 남의 고통을 함께 나누려 애쓸 것이고, 맡은 바 임무에 충실할 것이며, 노사 간의 문제도 효과적인 대화로써 해결하여 직장의 화목한 번영을 꾀하는 데 심혈을 기울일 것이다. 또한 '덕성'과 '지성'을 지닌 부모에게서 태어나 성장한 사람은 어떤 상황에 처하든지 어질고, 의로우며, 예의 바르고 지혜롭게 살아갈 것이다.

오늘날 우리 사회가 날이 갈수록 삭막해져 가는 요인은 무엇보다도 '덕성(德性)'을 무의미한 가치로 인식하고서 이기적이고 비양심적이며 무례하게 언동하는 부모들이 날로 늘어가는 데 있지 않은가 한다. 우리나라의 속담 가운데 "효자 집안에 효자가 난다."라는 말이 있듯이 어떤 부모가 스스로 그의 부모에게 효도를 하면 그의 자녀들도 그 도리를 크게 깨달아 스스로 효도를 하게 되는 법이다. 그런데 대학까지 졸업한 부모들 가운데 상당수의 사람은 행동보다 말이 앞서거나 바람직한 철학 혹은 인도(人道)보다 자녀의 성적, 출세 등에만 관심을 가지는 경향이 농후(濃厚)하다. 그래서 사람다운 사람보다 사람답지 않은 존재가 날로 증가할 수밖에 없는 것이다. 사람답지 않은 존재가 많은 국가나 사회, 가정은 일정한 규범이 없어서 온갖 범죄가 들끓기 마련이다. 그러한 곳에 사는 사람다운 사람들마저도 시간이 흐를수록 사람답지 않은 존재로 전락하는 비율이 많아질 가능성이 높다.

사람이 다른 짐승과 구별되는 특징 중 하나는 언어로 사고(思考)할 줄 안다는 것이다. 우리 온 국민은 가던 길을 잠시 멈추고 나와 우리의 가정, 사회, 국가가 어떤 모습으로 변해 가고 있는지를 진지하게 생각하여 볼 필요가 있다. 무엇보다도 나 자신이 '사람다운 사람'인지를 스스로 묻고 대답하여 보아야 한다. 나의 마음에는 남을 측은히 여기는 인자함과, 부끄러운 짓을 하고 부끄러워할 줄 아는 양심과, 악한 것을 미워하는 마음과, 사양하고 겸손해 하는 마음과, 옳고 그름을 분명히 가릴 수 있는 마음이 깊게 뿌리내리고 있는지 냉철히 살펴보아야 한다. 그러한 것을 중요한 가치로 여기고 그것에 따라 살기 위하여 노력하고 있는지를 반성하여야 한다. 사람답지 않은 '나'가 가정을 이루어 살게 되면, 그 해독이 자기 자신과 가정에게만 끼치는 것이 아니라 온 국민에게 끼쳐서 나라 전체가 삭막해지고 살벌한 환경으로 바뀌게 되는 법이다.

억울하고 분하며 고통스러운 일이 있는 사람일지라도 잠시 그러한 것을 잊고 자신을 냉철하게 되돌아볼 필요가 있다. 나와 너, 우리 모두가 사람으로서 마땅히 하여야 할 도리를 하려고 온 힘을 기울이게 되면, 견디기 힘든 겨울을 꿋꿋이 극복하고 따스하고 아름다운 봄을 맞이할 수 있을 것이다.

〈1989년 2월 10일〉

정당의 이름

이름이란 어떤 사람, 단체, 사물, 현상 등을 부르거나 가리키기 위해 고유하게 지은 말이다. 이름을 지을 때는 무엇보다도 발음과 의미를 고려하여야 한다. 이름은 발음하기가 쉽고 어감이 좋은 글자로 짓되, 기억하기가 쉬운 것이어야 한다.

사람의 이름을 잘못 지으면 별명을 짓는 데 사용되어 특히 초등학교, 중학교, 고등학교 학생들이 괴로움을 겪는다. 이름이 '임신중'인 사람의 별명은 '妊娠中(임신중)'이고 '이길동'의 별명은 '홍길동'이 되어 당사자들은 학교 친구들한테 놀림을 받는다.

어떤 대상―사람, 단체, 사물 등―의 이름을 자주 바꾸면 사람들이 그 대상을 다른 대상으로 인식할 수 있다.

정당은 정치에 대한 주의(主義)·주장이나 정책이 일치하는 사람들이 그 정치 이상(理想)을 실현하기 위하여 조직하는 단체이다. 우리나라에는 보수주의를 지향하는 정당, 진보주의를 지향하는 정당, 보수주의와 진보주의를 함께 지향하는 정당 등 크게 세 개의 정당이 있다.

우리나라의 정당 이름의 변천 역사를 살펴보면 안타깝기 그지없다. 우리나라의 정치인들은 정당의 이름을 자주 바꾸는 경향이 있다. 어느 정당이 그 이름을 바꾸면 유권자들은 정치에 대한 주의·주장·정책 등이 바뀐 것으로 이해할 수 있다. 정치에 대한 주의·주장·정책 등을 바꾸지 않고 당에 대한 이미지를 쇄신하기 위해 당명만을 자주 바꾸면 정치에 대한 신념과 지조가 없는 정치인들이 만든 정당이라고 인식할 수밖에 없다. 이것은 부실 공사로 지은 건물을 고치지 않고 이름만 바꾸면 유권자가 잘 지은 건물로 인식할 것으로 착각하는 것 같다.

우리 국민은 지적 수준이 높은 편이다. 정치를 잘못하여 국민들에게 질책을 받으면 당명을 바꿀 것이 아니라 잘못을 냉정히 반성하고, 국가의 이익과 국민의 행복을 추구하는 정책을 입안하여 실행하기 위해 힘써야 한다.

〈2021년 5월 16일〉

교육자의 긍지와 사명

　교육에 종사하지 않는 주위의 사람들에게서 교육자는 교직을 그만 두고 사업을 하면 십중팔구(十中八九) 망하는 경우가 많다는 말을 종종 들어 왔다. 교육자는 사회의 현실을 이해하지 못하고 타인의 마음을 제대로 파악하지 못해서 이용당하기 때문이라고 한다. 이 말을 교육자들은 마이동풍(馬耳東風) 격으로 그냥 간과하여서는 안 된다.

　군사부일체(君師父一體)라 하여 스승을 존경하던 사회가 이제는 스승을 사회 적응력이 결여된 고루(固陋)한 직업인으로 낮추어 평가하는 경향이 농후하다. 다른 나라에 비하여 천연자원(天然資源)이 빈약한 우리나라는 각 분야에서 뛰어난 인재(人材)를 양성(養成)하는 길만이 생존과 번영의 지름길임을 누구나 인식하고 있다. 그러면서도 험난한 바다를 항해하는 데 가장 영향력이 있는 선장(船長)과 같은 지위에 있는 교육자를 일반인들이 푸대접을 하거나 비웃는 일에 분노해하거나 무감각하여서는 안 될 것이다.

　중국의 고전인 『대학(大學)』에는 다음과 같은 말이 있다.

　사물의 이치를 궁구한 뒤에야 앎이 이루어지고, 앎이 이루어진 뒤에야 의지가 성실해지고, 의지가 성실한 뒤에야 한 몸이 수양되고, 한 몸이 수양된 뒤에야 한 집안이 바로잡히고, 한 집안이 바로잡힌 뒤에야 한 나라가 다스려지고, 한 나라가 다스려진 뒤에야 온 세상이 평화롭게 된다(物格而後 知至, 知至而後 意誠, 意誠而後 心正, 心正而後 修身, 修身而後 家齊, 家齊而後 國治, 國治而後 天下平).

교육자는 남이 스스로 우러러보고 따라오도록 부단히 학문 탐구에 열중하고 심신 수련에 힘써 고매한 인격과 심오한 지식을 지니도록 하여야 한다. 전공 서적뿐만 아니라 인문적 소양과 관계가 깊은 서적들도 탐독해서 자신의 것으로 만드는 데 태만해서는 안 된다. 그럼에도 불구하고 교육자를 사회의 부적응자로 보거나, 전업을 하여 망하였다면, 그 요인은 교육자 자신에게 있는 것이 아니라 사회에 있다고 보아야 한다.

양심을 바탕으로 하여 타인을 상대하였는데 상대방이 비양심적으로 가면을 쓰고 대하여 사기를 치거나 악용하였다면 사기당하고 악용당한 사람이 어리석고 못난 것이 아니라 사기를 치고 악용을 한 자가 마땅히 지탄을 받아야 하며, 그러한 사회가 건전한 사회인 것이다. 양심을 내동댕이친 채 수단과 방법을 가리지 않고 일확천금(一攫千金)을 벌어 으리으리한 고대광실(高臺廣室)에서 진기(珍奇)한 음식을 먹으며 외제 고급 승용차를 타고 거드름을 피우면서 대로를 누비거나, 무시무시한 권력을 행사하거나, 매스컴에 저명인사로 자주 오르내린다고 해서 그 사람을 맹목적(盲目的)으로 존경하고 따르는 사회나 국가는 비정상적일뿐더러 그 미래는 어둡기 그지없을 것이다.

양심, 성실, 정직, 의기(義氣) 등을 신조(信條)로 삼으며 살아가는 사람들로 구성된 사회와 국가만이 찬란한 번영의 미래가 있는 법이다. 요사이 우리나라에는 살인, 강도 강간, 사기, 폭행 사건들이 여기저기서 발생하고 있다. 이와 같이 끔찍한 사건들이 연일 발생하는 것은 사회 구성원들의 마음에 양심, 성실, 정직, 의기(義氣) 등이 깊숙이 뿌리를 내리고 있지 않기 때문이다. 아무리 유복한 환경 속에서 명성과 권력과 금력을 맘껏 향유하면서 살아간다고 하더라도 인생은 공수래공수거(空手來空手去)일진대 그것은 순간적이요 영원한 것은 아니다. 지금이라도 가정이나 사회, 국가의 리더들은 "윗물이 맑아야 아랫물이 맑다."라는 말을 되새기면서 매일 신문 사회면을 어둡게 장식하는 사건들을 강 건너 불 보는 식으로 방관하지 말고, 먼저 각자 자신들을 되돌아보고서 미흡하고 부끄러운 점을 불식하여 아랫사람들에게 먼저 모범을 보인 뒤에 그것을 아랫사람들이 스스로 따라 하도록 하여야 할 것이다. 강력한 미국의 대통령이었던 닉슨은 워터게이트 사건이 신문에 보도되자 자기의 권력을 유지하기 위하여 거짓말을 한 사실이 드러나 대통령직을 하야(下野)하고 국민에게서 아직도 멸시를 받고 있는 사실을 보더라도 미국인들은 인간의 평가 척도 가운데 양심과 정직을 최고의 것으로 보고 있음을 알 수 있다. 그러기에 미국이 수많은 민족으로 구성된 나라이지만 강대국으로 군림할 수 있다고 생각한다.

의사가 신체적 질병을 치료하는 직업인이라면 교육자는 정신적 질병을 치료하여 건강한 정신으로 사람답게 살아갈 수 있는 사람이 되도록 도와주는 직업인이다. 따라서 교육자들은 타인의 따가운 시선과 조소와 냉대에 한 치의 굽힘도 없이 직업에 대한 긍지와 사명감을 가지고 고매한 인격과 심오한 학문(學問)을 갖추고 교육에 임하여야 한다.

〈1995년 5월 2일〉

제 2 절
그리움

추억 여행

    요사이 나는 언제든지 타임머신(time machine)을 타고 추억 여행을 떠날 수 있어서 정말 행복하다.

    나를 헌신적으로 사랑하고 보살펴 주신 할머님*과 부모님이 사무치게 그리우면 아침 일찍 내 고향 충남 광천으로 가는 장항선 열차를 타곤 한다. 내 여행 짐은 자그마한 손가방 한 개. 그 가방에는 읽고 싶은 책 한두 권과 메모를 할 수 있는 노트와 볼펜, 500ml 생수 한 병, 군것질용 초콜릿 두 개, 과일 등이 들어 있다.

    정말 가벼운 차림으로 집을 나선다. 집을 나서는 순간 나는 초등학교 시절 소풍 가기 전날의 기분에 젖어 마냥 즐겁다.

    1960년대에는 장항선 완행열차를 타면 서울역에서 광천역까지 대여섯 시간이나 걸렸다. 요사이는 영등포역에서 장항선 새마을호 열차를 타고 가면 광천까지 2시간 남짓 걸린다. 그동안 교통기관과 교통시설도 많이 발달하였다. 그런데 옛날에 시커먼 석탄 연기를 날리며 기적을 울리면서 구절양장(九折羊腸)과 같이 꼬불꼬불한 기찻길을 천

----

* 할아버지는 필자가 태어나기 전에 돌아가셨다.

천히 달리던 기차가, 빨리 달리는 새마을호 열차보다 더 멋지고 낭만적이었던 것 같다. 꾸불꾸불한 기찻길에서는 차머리와 차꼬리가 보였다. 그 모습은 키가 크디큰 여자 춤꾼이 느릿느릿 섹시하고 요염하게 춤을 추는 것 같았다. 오늘날에는 질주하는 기차에서 그러한 모습을 볼 수가 없다.

그 옛날에는 홍익회원이 구운 오징어, 땅콩, 가지각색의 과자, 삶은 달걀, 소주, 맥주, 사이다 등 온갖 먹을거리를 가지고 팔러 다녀서 틈틈이 군것질도 할 수 있었는데, 요사이 새마을호에는 그런 사람이 없어서 승객이 먹을거리를 따로 사 가지고 기차를 타야 군것질을 할 수 있게 되었다. 그렇지 않으면 식당이 있는 별도의 칸에 찾아가서 사 먹어야 한다.

옛날 완행열차의 칸은 모두 승객으로 발 디딜 틈이 없었는데, 오늘날 새마을호 열차 칸에는 여기저기 비어 있는 좌석도 있다. 기차 칸마다 승객으로 만원을 이루어서 군고구마 냄새가 물씬 풍기던 기차가 그립다.

기차를 타고 이런저런 회상을 하다 보니 어느덧 한 시간이 지나 천안역에 도착하였다. 전에는 천안역에서 5분여 동안 정차해서 배가 고플 경우에는 부랴부랴 우동을 파는 매점으로 달려가 우동을 사서 후다닥 먹고 기차에 다시 오르곤 하였다. 뜨거운 우동을 번갯불에 콩 볶아 먹듯이 서둘러 먹는 바람에 입안을 데기도 하였다. 요새는 기차가 역에 도착하기가 무섭게 이내 출발한다. 그리하여 천안역에서 내려 그 우동을 사 먹을 수가 없다. 숱한 세월이 흘렀음에도 불구하고 기차가 천안역에 도착하면 그 우동 생각이 간절히 나서 입안에 침이 가득 고이곤 한다.

서울에서 고등학교를 다닐 적에 고향에 다녀오고 싶어 토요일 오후에 서울역에서 장항선 완행열차를 타고 고향에 가곤 했다. 하룻밤을 고향 집에서 지낸 뒤에 서울에 오려고 광천역에 나오면 할머니께서 나를 배웅하러 광천역에 오셨다. 고향 집에서 광천역까지 걸어서 약 30분이 소요된다. 그러함에도 불구하고 우리 할머니는 매번 나를 배웅하러 역에 나오시곤 하시었다. 서울행 열차를 타러 가면서 뒤돌아보면 할머니는 역 출구 쪽에 서서 잘 가라고 나를 향해 수없이 손을 흔드셨다. 연로한 당신은 어린 손자와 헤어지는 것이 몹시 섭섭하셨던 것 같다. 그때 나는 왜 그리 슬펐던지 마음속으로 엉엉 울곤 하였다. 애절하게 손을 흔드시던 할머니의 모습이 지금도 눈에 선하다.

대학을 졸업하고 ROTC 장교로 임관하여 2년 3개월 동안 군 생활을 한 뒤에 예편하자마자 취직하여 직장 생활을 하다가 결혼할 때까지 10여 년 동안 할머니께서 나와 함께 사시면서 조석을 정성껏 차려 주셨다. 할머니께서 지극 정성으로 돌봐 주셨기 때문에 나는 결혼할 마음이 전혀 없었다. 그리하여 노총각이 되어 결혼하였다.

1970년대 어느 날 할머니와 함께 외식을 하고 집으로 돌아오는데 할머니께서 바로 앞에 20대 연인이 손을 다정히 잡고 걸어가는 것을 보시고 걸음을 재촉하여 그들보다 50보 정도 앞서가시다가 그들을 위아래로 훑어보시면서 되돌아오셨다. 당신께서는 젊은 남녀가 대낮에 연정을 표현하면서 당당히 걸어가는 모습이 몹시 신기하게 보이셨던 것 같다. 유달리 호기심이 많으시고 다정다감하셨던 할머니가 보고 싶다.

결혼하여 아내와 아이들과 함께 고향 집에 들르면 할머니와 어머니는 우리를 반갑게 맞이하여 주시고 극진히 대하여 주셨다. 쑥이 자라는 계절에는 쑥을 손수 캐셔서 맛있는 쑥떡을 해 주셨다. 겨울에는 엿을 고아 주시고, 인절미와 시루떡도 해 주셨다. 그리고 우리가 자는 방이 추울까 봐 당신들께서 아궁이에 장작불을 얼마나 많이 때셨던지 방바닥에 깔아 놓은 요가 타기도 하였다.

상경하는 날에는 내 승용차의 트렁크에 직접 농사지으신 감자, 고구마, 고추, 배추, 무, 마늘, 양파, 대파, 쌀, 콩, 녹두, 조, 팥 등 온갖 농산물을 가득 넣어 주셨다. 당신들의 분신과도 같은 농산물을 아낌없이 주시곤 하셨다. 할머님과 부모님께서는 우리가 상경할 때마다 집 밖 마당의 감나무 앞까지 나오셔서 우리 차를 하염없이 바라보시곤 하셨다. 나 역시 울컥하여 그냥 직행하지 못하고 정차한 뒤에 두세 번 차에서 내려 큰 목소리로 작별 인사를 하고 상경하였다. 요사이 고향 집에 들렀다가 상경할 때면 감나무 밑에서 할머님과 부모님께서 우리를 배웅하는 것 같아 동네 어귀에서 차를 멈추고 눈물을 머금은 채 뒤돌아보곤 한다.

승용차로 고향에 오가곤 할 때에는 정신을 집중하여 안전 운전을 하느라 나는 이러한 추억의 되새김질을 할 수가 없었다. 그런데 장항선 열차를 타고 있을 적이나, 기차에서 내려 광천역에서 고향 집으로 갈 때나, 상경하기 위해 고향 집에서 광천역까지 걸어올 때마다 아름답고 정겨운 추억에 잠길 수 있어 행복하다.

회상의 두레박으로 아무리 퍼도 마르지 않는, 아름답고 정겨운 무지갯빛 갖가지 추억이 있어 내 노년은 풍요롭기 그지없다.

〈2012년 6월 25일〉

사모곡

2001년 4월 5일(음력 3월 12일, 식목일, 청명, 한식) 저녁 8시

"어머니, 진지 잡수세요."

"그래, 조금 누웠다가……."

이 말씀이 어머니의 마지막 말씀이 될 줄을 꿈에나 생각하였겠습니까?

어머니! 어머니! 그렇게 갑자기 떠나시면 어떻게 합니까, 어머니!

이 세상에서 가장 존경하고 가장 사랑하였던 나의 어머니!

모래알만큼의 보답도 못 하여 드렸는데 작별 인사도 없이 떠나시면 어떻게 합니까?

저는 어머니께서 90세 이상은 사실 줄 알았습니다. 그런데 이렇게 갑자기 돌아가시니 애통한 심정을 가눌 길이 없습니다.

어머니께서 돌아가실 때에는 진달래꽃과 목련꽃이 여기저기 피어 있고, 벚꽃이 꽃망울을 머금고 있었습니다. 그리고 농촌에서는 농사 준비에 바쁜 때였습니다.

어머니께서는 부유한 가정에서 태어나시어 풍족하게 사시다가 전적으로 타의로 빈궁하기 그지없는 집안으로 시집을 오셔서 돌아가실

때까지 힘겹게 사셨습니다. 어머니, 당신은 평생 동안 가족들을 위해 충직한 일꾼으로 모진 일만 하시다가 저승으로 떠나셨습니다. 그래서 사무치는 서러움을 가눌 길이 없습니다. 부유한 집의 아낙네처럼 편안히 여유 있게 생활하시는 모습을 뵌 적이 없기에 더욱 애통하고 애통합니다.

몇 해 전 제가 광천 읍내 시장에서 수박을 사 가지고 집으로 가는 길에 어머니께서 물건을 파시고 리어카를 끄시면서 가시는 모습을 뵙는 순간 눈물이 앞을 가렸습니다.

어머니, 왜 그렇게 힘들게 사셨습니까? 우리 집보다 형편이 어려운 사람들도 편히 사는데 어머니께서는 어째서 힘든 일을 찾아 하셨습니까? 제가 드린 용돈이 부족하시면 저에게 더 달라고 말씀을 하시지 왜 아무 말씀도 하지 않으시고 그렇게 힘들게 사시다가 작고하셨습니까?

어머니께서는 무려 28만원이 넘는 돈을 남겨 두고 돌아가셨습니다. 어떤 돈은 너무 오래되어서 까맣고 누렇게 찌든 것도 있었습니다. 그 돈은 당신의 손자 손녀들에게 골고루 나누어 주었습니다. 어머니께서 잡수시고 싶은 것을 사 잡수시고, 입고 싶으신 옷을 사 입으시지 왜 돈을 아끼셨습니까? 잡수시고 싶으신 음식과 입고 싶으신 옷이 있으시면 말씀을 하시지 아무 말씀을 하지 않으셨습니까? 저의 살림이 넉넉하지 않음을 아시고 그러셨지요? 어머니, 어머니의 그 깊고 넓으신 마음을 왜 제가 모르겠습니까?

어머니께서는 단 한 번도 저에게 서운한 말씀을 하시거나 화를 내신 적이 없습니다. 늘 환하게 웃으시고 인자하게만 대하여 주셨습니다. 어머니께서 돌아가시는 전날 밤부터 다음 날 새벽 4시경까지 응급실에서 치료를 받으시고 담당 의사가 퇴원한 뒤에 통원 치료를 받으라고 해서 퇴원하셨기에 곧 쾌차하실 줄로만 알았습니다. 어머니, 이 몽매한 불효자를 용서하여 주세요.

어머니와 영영 이별한 뒤 집 앞의 넓디넓은 논과 밭을 보니 그것들이 어머니를 힘드시게 하였던 일터로만 생각되어 애통한 심정을 억제할 수가 없었습니다. 그리고 집 안으로 들어오니 저희에게 어머니께서 무언가 주시려고 허리가 구부러진 채 여기저기 돌아다니시는 것처럼 보였습니다. 제가 쑥떡을 좋아하는 것을 아시고 고향 집에 가면 쑥떡을 가득히 해 놓으시고 저에게 먹으라고 권하시던 어머니는 이젠 이승에 안 계십니다. 5월 초 매주 물을 뜨러 가는 정신문화연구원에서 쑥을 캐는데 어머니의 사랑이 담긴 쑥떡이 생각나서 오랫동안 통곡을 하였습니다. 이젠 어디서도 인자하신 어머니의 모습을 뵐 수 없으니 서럽고 서럽습니다.

일에 쫓겨 자주 찾아뵙고서 따뜻한 대화를 나누지 못하고, 호강 한 번 시켜 드리지 못한 채 어머니와 영영 이별을 하고 나니 헛된 후회만 하게 됩니다.

매일 힘겹게 공부를 하여야만 하는 교수가 된 것을 후회합니다. 성실하게 사는 것이 바로 효도로만 알고 살아온 것을 후회합니다. 교수가 아니었다면 어머니와 함께 즐거운 시간을 좀더 많이 가졌을 것입니다.

어머니께서 친히 베풀어 주셨던 사랑과 헌신을 실천하면서 사는 것이 어머니께 지은 불효를 조금이라도 씻는 것이라 생각하고, 이제부터라도 남을 더욱 사랑하고 용서하며 남을 위해 헌신하면서 살겠습니다.

어머니, 이 세상에서 가장 존경하고 사랑한 어머니, 저승에서는 부디 행복하시길 간절히 기원합니다.

〈2001년 4월 15일〉

아버지와 콤바인

봄에는 이앙기로 넓디넓은 논의 모내기를 하고, 가을에는 황금물결이 일렁이는 논을 종횡무진 누비면서 추수를 하는 콤바인을 보노라면 돌아가신 아버지 생각이 간절히 난다.

선친은 성취동기가 매우 높은 분이셨다. 늘 새로운 방법으로 농사를 지어 남들보다 수확을 많이 거둔 분이셨다. 그리하여 '모범 농민'으로 뽑혀서 대통령 표창장을 받기도 하셨다. 구태의연하게 함부로 농사를 짓지 않으셨다. 매년 수원의 농업진흥청에 들르시어 새로 개발한 볍씨를 구하시거나, 새로 나온 농기구를 사시러 머나먼 경상남도 창원과 김해에 다녀오시곤 하셨다. 볍씨도 여러 가지를 구하셔 심어 보시고 그것들 중에서 가장 좋은 것을 그 다음 해에 심으셨다. 그리고 동네 사람들에게 그 볍씨를 나누어 주셨다. 당신께서는 일본에 가시어 일본인의 새로운 농법을 알고 싶어 하셨다.

가뭄에도 구애를 받지 않고 지하수로 농사를 짓기 위해 논과 밭에 양수기를 설치하기도 하셨다. 구불구불한 논둑을 직선으로 반듯하게 만들고, 좁은 논둑도 넓히어 경운기가 잘 다닐 수 있도록 하셨다. 개울 옆에 있는 논둑이 자주 무너지자 콘크리트로 단단히 논둑을 만드셨다. 이렇게 농사를 지으시어 수확을 남보다 많이 하셨다.

당신은 조석반(朝夕飯)도 뒤로 미루고 일을 열심히 하셨다. 새벽에 논밭으로 일을 하러 가셔서 칠흑같이 어두운 밤 9시경에야 집으로 돌아오셨다. 내가 초등학교에 다닐 때 어머니가 저녁밥을 지어 놓으신 뒤 나에게 아버지를 모셔 오라고 하시어 아버지가 일하시는 곳으로 가서 "아버지, 진지 잡수슈!"라고 말씀을 드리면 아무 말씀도 없이 일을 계속하시던 선친의 모습이 눈에 선하다. 언제나 일을 완전히 마무리하신 뒤에야 집으로 돌아오셨다. 그때 어린 나는 배가 무척 고파서 아버지를 원망하기도 하였다.

그 당시 선친은 멋진 양복 한 벌, 구두 한 켤레도 없으셨다. 흙이 묻은 헤진 옷을 입으시고 일만 하셨다. 우리 동네 아버지들 가운데 자녀를 모두 고등학교 이상 다니게 한 분은 우리 선친뿐이셨다. 가족의 행복을 위해 당신은 온갖 고생을 감내하셨다. 술을 들지 않으시고, 담배도 전혀 피우지 않으셨다. 내가 어릴 적에 이웃에 사는 친구의 아버지가 장날에 읍내에 가서 생선이나 과일을 사 들고 술에 취해 비틀거리면서 노래를 부르며 집으로 돌아오는 모습을 보면 몹시 부러웠다. 그때 나는 우리 아버지도 장날에 술에 취해서 과자와 과일을 사 가지고 오시면 얼마나 좋을까 하고 중얼거리곤 하였다.

선친은 평생 당신의 이익을 위해서 남에게 해코지를 전혀 하지 않은 분이셨다. 아무 보수도 바라지 않으시고 남을 적극적으로 도와주시는 분이셨다. 당신은 형편이 어려운 친척이나 동네 사람을 정성껏 도와주셨다. 일찍이 부모를 여의고 연로한 할아버지와 사는 동네 어린이를 보살펴 주시고, 그 어린이가 성인이 되자 똑똑하고 착한 처녀를 중매하여 결혼하게 하셨다. 당신은 그 부부에게 농사를 짓는 법도 가르쳐 주시고, 우리 집의 논과 밭을 짓게 하셨다. 그들은 농사를 열심히 지으며, 서로 아끼고 사랑하면서 매우 행복하게 살고 있다. 요사이 내가 그 부부에게 시골 일을 부탁하면 적극적으로 정성껏 도와주곤 한다. 그들은 내 고향 집을 관리하여 주고, 내가 텃밭에 콩이나 옥수수를 심을 적에 그들이 미리 밭을 갈고 두둑을 만들어 주며, 콩과 옥수수를 심고 재배하는 법도 친절히 일러 준다. 이것도 선친이 생전에 그 부부를 친자녀처럼 사랑하여 주신 덕분이라고 생각한다.

선친은 매우 무뚝뚝한 분이셨다. 그런데 며느리, 손자, 손녀에게는 무척 자상하신 분이셨다. 당신께서 우리 집에 오시면 며느리, 손자, 손녀와 다양한 화제로 장시간 대화를 즐겨 하시곤 하셨다. 어린 손녀를 포대기에 업고 아파트 주변을 거니시거나, 유치원에 있는 손자를 보러 가시거나, 손자와 손녀에게 비싼 장난감도 사 주시고 함께 놀기도 하셨다. 그런데 우리 형제들이 어렸을 때 선친과 즐거운 대화를 나누거나 놀이를 함께한 기억이 없다.

어머니가 급성폐렴으로 의식을 잃으시고 서울대학교병원에 입원하여 계실 때 내 아내, 제수, 누나, 여동생이 번갈아 입원실을 지키면서 간호하여 드렸다. 어머니가 건강을 회복하시어 고향으로 가신 뒤에 선친은 쌀 한 가마니를 판 돈을 내 아내에게 그동안 수고하였다면서 주셨다. 당신께서는 며느리에게 서운한 말씀을 하신 적이 없다. 늘 막내딸처럼 사랑하셨다.

어머니가 돌아가신 후 선친은 작고하실 때까지 주로 시골집에서 홀로 지내셨다. 서울에 오셔서 저희와 함께 사시자고 권하면 도시 생활은 징역 생활이라고 말씀하시면서 거절하셨다. 그래서 우리 부부는 한 달에 서너 번 고향에 계신 선친을 뵈러 가곤 하였다. 선친은 우리 집에 오시면 2~3일 정도 계시다가 시골로 내려가시곤 하셨다. 우리와 함께 생활하시면 덜 외롭고 고생을 덜 하실 텐데 시골이 더 좋으시다고 이내 시골로 가시는 선친을 이해할 수가 없었다. 그런데 선친이 서울에 오래 계시지 않았던 것도 시골에 하실 일이 많았기 때문이라는 사실을 당신이 작고하신 뒤에야 알았다. 그걸 모르고 선친을 오해하고 원망한 것이 한없이 죄스러웠다.

아버지가 작고하신 후 시골집을 돌보기 위해 우리 부부가 새벽에 시골에 가서 한밤중 귀경할 때까지 쉼 없이 해야 할 일이 한두 가지가 아니었다. 특히 집 안의 잡초는 뽑아 버려도 1주일이 멀다 하고 무성히 자랐다. 50여 평밖에 안 되는 콩밭을 김매는 일이 무척 힘들었다. 귀경하여 잠자리에 들면 온몸이 쑤시고 아파서 잠을 제대로 잘 수가 없었다. 직접 시골집을 돌보고 농사를 지어 보고 나서야 시골 일은 매우 힘들고 끝이 없다는 것을 실감할 수 있었다.

15년 전 나에게 콤바인을 사 달라시는 선친의 부탁을 거절한 적이 있다. 그 이유는 힘든 농사를 짓지 않으셔도 생활하실 수 있는데, 연로하신 분이 계속 농사를 지으시려는 것이 못마땅하였기 때문이다. 그 전부터 선친에게 농사를 짓지 마시라는 말씀을 많이 드린 탓으로 당신은 더 이상 콤바인을 사 달라는 말씀을 하지 않으셨다. 지금 생각하면 콤바인으로 농사를 지으면 덜 힘들고 경비도 덜 들기 때문에 콤바인을 사 달라고 말씀하신 것 같다. 그런데 그때에는 그러한 사실을 전혀 몰랐다. 이제야 선친에게 콤바인을 사 드렸으면 좀더 편하게 농사를 지으셨을 것이라고 생각이 든다. 선친이 생전에 사용하시던, 낡은 농기구를 볼 때마다 선친의 부탁을 들어 드리지 않은 것을 죄송스러워 하고 깊이 후회한다.

선친은 생전에 저희에게 조금도 부담을 주지 않으시려고 온갖 고뇌를 홀로 안고 사시다가 돌아가셨다. 그러기에 북받치는 회한의 슬픔을 가눌 길이 없다.

〈2008년 5월 6일〉

위대한 스승님

오늘날 교육자는 많아도 높은 학식과 인격을 갖춘 스승을 찾아보기가 어렵다고 한다. 그런데 난대(蘭臺) 이응백 스승님은 훌륭한 학자이시고, 위대한 사표(師表)이시다. 스승님은 전통문화의 계승자요 창조자이시다.

이응백 스승님은 한국어교육학의 초석을 다지신 분이시다. 국어 교사가 되려면 무엇보다도 '국어교육학'에 대한 전문 지식을 익혀 그것을 교육 현장에서 효과적으로 응용할 수 있는 능력을 갖추어야 한다. 그리하여 스승님께서는 일찍이 국어교육학에 관한 연구를 하시고, 서울대학교 사범대학 국어교육학과에 '국어교육학'에 관한 강좌를 개설하여 강의를 하셨다. 그리고 '한국국어교육연구회'를 창립하여 '월례발표회'와 전국학술대회를 개최하시며, 학술지인 『국어교육』을 발간하여 국어교육학의 발전에 크게 기여하셨다. 그 학회가 발전하여 오늘날 국내외에서 인정하는, 매우 우수한 학회인 '한국어교육학회'가가 되었다. 스승님은 학회 초창기에는 '월례발표회'의 발표자를 정하여 발표를 부탁하시고, 친히 '월례발표회'의 안내문을 붓글씨로 쓰셨다. '한국어교육학회'가 전국학술대회를 할 때마다 학회에 참석하셔서 회원들을 격려하셨다. 또한 '낭독'이 초등학생의 국어 능력을 신장시키는 데 매우 중요한 것이기 때문에 스승님은 매년 '한국국어교육연구회' 주최로 초등학교 학생을 대상으로 낭독대회를 개최하는 데 노고를 아끼지 않으셨다. 어린 학생들이 상처를 입지 않도록 대회에 참가한 학생 전원에게 상장과 상품을 주셨다.

스승님은 한글 전용 어문 정책의 문제점을 지적하시고, 국어 능력 신장과 문화의 계승과 발전을 위해 초등학교 1학년부터 한자(漢字) 교육을 하여야 함을, 뜻을 같이하시는 분들과 함께 정부 당국에 부단히 건의하셨다. 한국·중국·일본의 학자들과 함께 한·중·일 공통 한자 연구에 관한 국제학술토론회를 통해 세 나라의 한자 통일 연구와 실천을 위해 헌신하셨다. 그리고 효과적인 한자 교육에 관한 여러 연구를 하시어 빛나는 업적을 남기셨다. 스승님의 저서인 『국어 교육사 연구』는 국어 교육의 변천을 통시적으로 고찰한, 불후의 명저(名著) 이다.

스승님은 여러 해에 걸쳐 국어과 교육과정 제정과 심의, 표준어 규정의 제정과 심의를 하시느라 노고가 많으셨다. 또한 방송 언어의 연구와 순화를 위해 노력하셨다. 오랫동안 KBS 한국어연구회 자문위원으로 방송 언어의 발전에 헌신하셨으며, 방송 언어에 관한 저서를 발간하시고, 여러 편의 우수한 논문을 발표하셨다. 스승님이 1988년에 발간하신 『방송과 언어』는 방송 언어 연구에 기여하는 바가 많은 저서이다.

스승님은 우리의 전통 문학인 시조(時調)를 계승하고, 창조하며, 발전시키는 일에 심혈을 기울이셨다. 전통문화협의회 회장직을 맡으시고, 틈틈이 전국의 초·중·고교 학생들에게 시조에 대해 강의하셨으며,

계간지인 『시조 생활』을 통해 우수한 시조 시인을 많이 배출하셨다.

스승님은 수많은 시조를 창작하셔서 시조집 『인연(因緣)』(1992), 『나들이』(2002), 『청(清)과 음(陰)』(2008) 등을 발간하셨다. 가톨릭대학교 김봉군 명예교수가 '우리 시조 문학사에 기록될 만한 작품'이라고 비평한 스승님의 시조 「회상」은 진한 감동과 일깨움을 주는 작품 중 하나이다.

이제 이 꽃송이들이 화사하게 비치는 건
지난날 줄기들의 인고의 꿈이어니
내일을 수놓을 꽃들이 가지 끝에 망울졌네.

스승님은 수필 문학 진흥에도 기여한 바가 많으시다. 스승님은 주옥같은 수필을 창작하시고, 수필집 『기다림』, 『언덕 위의 하얀 집』 등 10여 권의 수필집을 발간하셨다. 그리고 한국수필문학진흥회 회장이 되시어 한국 수필 문학 발전에도 공헌하셨다.

스승님은 수신제가교학생(修身齊家敎學生)을 한 분이시다. 스승님은 사모님을 비롯하여 온 가족을 뜨겁게 사랑하신 분이시다. 일반인들 중에는 부부가 나이가 들수록 소원해지는 사람이 많은데, 스승님 내외분은 연세가 드실수록 금슬이 더욱 좋아지셨다. 정년 퇴임을 하신 후에 내외분이 국내외 여행을 자주 다니셨다. 하도 멀어서 연로한 분은 여행을 가기가 어려운 남미까지도 내외분이 다녀오셨다.

스승님은 평생토록 당신보다 남을 위해 사셨다. 측은지심(惻隱之心)을 지니고 어짊을 쉼 없이 베푸신 분이시다. 오늘날 우리나라에서 스승님만큼 제자를 친자녀처럼 사랑한 분을 찾아보기가 어려울 것이다. 당신께서는 취업을 하지 못한 제자가 취업을 할 수 있도록 최선을 다해 도와주셨다. 학문을 하고 싶어 하는 제자에게는 학자의 자세, 학문하는 방법 등을 자상하게 일러 주셨다. 빈곤하여 학업을 지속하기가 어려운 제자에게는 학비를 보태어 주시고, 그러한 제자들을 스승님 댁으로 자주 불러 식사를 하게 하셨다. 사모님께서도 이러한 스승님의 제자 사랑을 매우 좋아하셨다.

난대(蘭臺) 이응백 스승님은 학자, 교육자, 전통문화 운동가로 지행일치(知行一致)를 하시면서 난초처럼 그윽하고 맑게 사셨기에 후손들이 길이길이 칭송하고 본받아야 할 사표(師表)이시다.

〈2010년 8월 25일〉

사랑의 힘

이 세상에서 가장 아름다운 가치 덕목은 '사랑'이다. 이 세상에 태어나 사랑을 듬뿍 받고 자란 사람은 남을 사랑할 줄 알지만 그렇지 못한 사람은 남을 사랑할 줄 모른다. 사랑을 받고 성장한 사람은 남을 아프게 하지 않는다. 남을 헐뜯거나 구타를 하지 않는다. 남과 다툰 뒤에 이내 그 원인을 자신에게서 찾고 상대에게 미안한 마음을 가진다. 그러나 사랑을 받지 않고 성장한 사람은 모든 이를 미워하고 학대하기를 즐긴다.

내가 초등학교 시절 학교에서 집에 돌아오면 공부하고 오느라 고생이 많았다고 따뜻이 맞이하여 주는 분이 계셨다. 그분은 바로 나의 어머니이시었다. 학교에서 집에 돌아와 어머니가 안 계시면 나는 가슴이 뻥 뚫린 것처럼 허전하였다.

나는 어머니를 만나러 어설픈 솜씨로 무쇠솥에 감자를 쪄어 가지고 집에서 멀리 떨어져 있는 밭으로 갔다. 어머니께서 감자를 맛있게 잡수시고, 어머니와 함께 일하던 동네 아주머니들이 아무개는 효자라고 칭찬해 주시면 무척 즐거웠다.

어린 시절 우리 집은 무척 가난하여 어머니는 새벽에 일어나시어 보리를 절구에 넣고 찧어 부드럽게 한 뒤에 아침밥을 짓곤 하셨다. 낮에는 농사를 지으셨다. 일꾼을 사서 일하실 적에는 밭농사를 지으시다가 집에 돌아오셔서 일꾼의 새참, 점심, 저녁을 하셨다. 매일 쉴 틈이 없으셨다. 그래도 늘 즐거운 표정으로 우리를 대하셨다. 나는 어머니에게서 매를 맞은 적이 한 번도 없었다. 내가 당신의 마음을 상하게 하면 매를 들고 때리는 척하시면서 "이눔의 자식이!"라고 말씀하시는 것이 전부이시었다.

어머니는 남과 다투신 적이 없다. 어려운 가정 살림을 하시면서 자녀들에게 아픈 모습을 보이신 적도 없다. 가정 형편이 어려운데 5일 장날이면 먼 곳에 사는 친척들이 와서 며칠씩 무일푼으로 묵어 가도 즐겁게 정성을 다해 대접하셨다. 그래서 우리 집에는 사시사철 손님들로 북적거렸다. 맛있는 음식을 하면 이웃들에게 나누어 주시느라고 당신은 제대로 잡수시지도 못하였다.

내가 고향에 계신 어머니를 찾아뵙고 상경하려고 하면 관절염으로 걷기도 고통스러우실 텐데 여기저기를 다니시면서 감자, 고추, 양파, 콩, 녹두, 마늘 등을 차의 트렁크에 가득 채워 주시곤 하셨다. 어머니를 여읜 지 3년이 지났는데도 이따금 고향 집에 들르면 뜨겁게 반겨 주시고, 당신의 피와 땀으로 거두어들인 여러 가지 농산물을 챙겨 주시려고 이곳저곳으로 분주히 다니시는 어머니의 모습이 선하게 떠올라 속으로 흐느끼곤 한다.

2001년 4월 4일 어머니가 돌아가시기 전날 동네 어른의 장례식을 치른 후 서울에서 온 그 고인의 유가족에게 당신이 저녁밥을 대접하려고 손수 밥상을 들고 그 집에 가시다가 쓰러지셔서 응급실에 입원하셨다는 연락을 받고 그날 삼성서울병원으로 모셨다. 밤새 치료를 받으시고 좀 쾌차하여지시자 새벽녘에 담당 의사가 퇴원하여 통원 치료를 받으라고 해서 우리 집으로 모셨는데 그날 저녁때 갑자기 돌아가셨다. 당신은 되도록 자녀들에게 부담을 주지 않으시려고 고통을 참으신 것 같아 애통한 마음을 금할 수 없다. 이렇듯 어머니는 돌아가시는 순간까지 이웃과 가족을 뜨겁게 사랑하셨다.

나의 어머니는 일평생 사랑을 몸소 실천하신 분이다. 나는 이러한 어머니의 사랑을 듬뿍 받고 자란 덕택으로 이날까지 남을 괴롭히지 않고 해코지를 하지 않으면서 살아왔다고 생각한다. 앞으로는 만물을 더욱 사랑하면서 사는 것이 어머니에게 하지 못한 효도를 하는 길이라고 다짐하고 실천하려고 한다.

〈2004년 7월 10일〉

우정

　'정(情)'은 포도주와 같은 것이다. 사람들 사이의 '정'은 오래 유지될수록 더욱 빛이 난다. '정(情)'에는 인간관계에 따라 여러 가지가 있다. 부부의 정, 부모와 자식 간의 정, 조부모와 손자 손녀 간의 정, 형제자매 간의 정, 고향 친구 간의 정, 스승과 제자 간의 정, 연인 간의 정, 학교 동창 간의 정, 직장 동료나 상사와 부하 간의 정, 이웃 간의 정 등 다양한 정(情)이 존재한다. 어떠한 '정'도 이 험난한 세상을 살아가는 데 무용하거나 불필요한 것이 없다. '정'은 서로 만나 주고받아야 사라지지 않는 것이다. 그런데 인간이 창조하여 내는 첨단 과학 문명과 치열한 생존 경쟁은 인간에게서 온갖 정과 여유를 빼앗아 가고 있다. 현대인은 자기도 모르는 사이에 급속도로 인간이 만든 기계로 변하여 가고 있다. 두렵기 그지없는 현상이다.

　어떤 사람들 간의 '우정'이 변함없이 지속되려면, '붕우유신(朋友有信)'이라는 말이 있듯이 두 사람 간에는 무엇보다도 상호 신뢰하는 마음이 있어야 하고, 늘 사랑하고 격려하는 마음이 있어야 한다. 친구로 지내는 두 사람 사이에 불신이 싹트면 우정도 이내 식어 버리기 마련이다. 어리석은 사람들 중에는 사리사욕에 눈이 멀어 수십 년 동안 나누어 오던 보물과 같은 우정을 헌신짝처럼 내동댕이쳐 버리는 사람들이 있다. 이들은 출세, 권력, 돈 등을 위해 죽마고우(竹馬故友)를 악용하거나 배신하고도 전혀 괴로워하지 않고, 부끄러워하지도 않는다. 이들은 오래 사귀어 온 친구를 낡아빠져서 쓸모없게 된 고가구(古家具)로 여긴다. 그들은 자기가 물질의 노예가 된 것을 모른다. 날이 갈수록 이러한 인간이 더욱 늘어나고 있다. 관포지교(管鮑之交), 문경지교(刎頸之交), 수어지교(水魚之交), 백아절현(伯牙絕絃), 지음(知音) 등을 옛사람의 잠꼬대로 인식하는 사람이 많다. 미국의 미래학자인 토플러는 1970년에 발간한 『미래의 충격』이라는 책에서 미래 사회에서는 '우정'을 찾아보기 어려울 것이라고 예측한 바가 있다. 우리의 주변을 돌아보면 그의 예견이 옳았음을 실감할 수 있다. 과학 문명이 발달할수록 생활하기가 더욱 편리해져 가는 반면에 가슴 속에서 갖가지 정들이 사라져 가고 있다. '우정'도 예외는 아니다. 매우 안타까운 일이다.

생각할 줄 아는 우리 인간은 놓쳐 버린 '기차'의 뒷모습을 바라보는 마음으로 사라져 가는 '우정'을 체념하여 버릴 수밖에 없는 것일까? 근래 미국 기업체에서 신입 사원을 채용할 때에는 지능 지수(IQ)보다 감정 지수(EQ)를 더 중시한다고 한다. 아무리 업무를 수행하는 능력이 뛰어나더라도 비정한 사원은 업무 수행 능력이 좀 우수하더라도 다정다감한 사람보다 그 직장에 덜 기여하기 때문이다. 이러한 현상은 바람직한 것이라고 할 수 있다. '정'이 없는 사람은 사람의 탈을 쓴 로봇(robot)과 같은 존재이다. '우정'을 베풀 줄 모르는 사람은 다른 정(情)도 있을 리 없을 것이다. 이러한 사람은 대개 이기적인 사람이다. 인생을 의미 있게 엮어 가려면 더욱 많은 이에게 순수한 사랑을 베풀어야 한다. 우정도 친구를 티 없이 사랑하여야 싹트는 것이다.

길거리에서 파는 호떡을 볼 때마다 생각나는 친구가 있다. 초등학교 3학년 때 같은 마을에 사는 S라는 친구는 점심시간에 학교에서 600m 정도 떨어진 곳에 있는 호떡집에 들어가서 뜨끈뜨끈한 호떡두 개를 들고 나와서 나에게 한 개를 주곤 하였다. 그 당시는 보리밥세 끼니도 잇기가 어려운 때이니 그 호떡의 맛은 별미 중의 별미이었다. 그 친구와 나는 지금까지 다른 길을 걸어왔으나, 그와의 뜨거운 우정은 변함없이 이어져 오고 있다. 우리는 상대방을 배신하거나악이용한 적이 한 번도 없다. 상대방에게 부담을 주는 언동을 하지도 않는다. 잘난 척을 하는 일도 없다. 희로애락을 함께 나누면서 **친구 관계를 유지하여 오고 있다.** 언제 만나도 어린 시절의 끈끈한 정을 주고받곤 한다. 그래서 이 세상이 삭막해져 가도 쓸쓸하지 않은것이다.

'우정'은 친구를 진정으로 사랑할 때만 존재하는 것이다. '친구'라는 이름을 앞세워 어떤 친구를 악이용하거나, 부담을 주는 언동을 하거나, 배신을 하게 되면 '우정'은 사라지는 것이다. 어떤 친구와의 '우정'을 지속하려면, 늘 믿음을 주는 언동을 하고, 뜨거운 사랑을 베풀어야 한다. 친구가 고통스러워 할 때에는 그 고통을 덜어 주기 위해힘쓰고, 절망에 사로잡혀 있을 적에는 그 절망을 극복할 수 있도록위로하고 격려하여 주는 사람이 진정한 친구인 것이다. 이러한 친구가 많은 사람은 평소에 친구에게 참다운 사랑을 베풀어 온 사람이다. 우정은 수학 공식으로 풀리지 않는 것이다. 우정은 지혜와 용기와 행복을 가져다주는 전령사이다. 단 한 명의 친구도 없이 사는 이들이여,

포도주를 빚는 마음으로 티 없는 우정을 베풀어 보라. 삶의 의미가
180도 달라질 것이다.

〈1996년 4월 10일〉

제 3 절
삶의 맛

호박꽃

　'호박꽃'이라는 제목의 수필 청탁을 받고 구상을 한 뒤에 글을 쓰려니 불현듯 어린 시절 고향에서 생활하던 일들이 눈에 선하게 떠올라 고향으로 달려가고 싶은 충동을 억제하기가 어렵다.

　한여름 채소밭이나 이웃집 초가지붕 위에, 어둠 속에서 반짝이는 등불처럼 여기저기에 탐스럽게 피어 있는 호박꽃은 가난한 마음을 풍성하게 하여 주곤 하였다. 그리고 어머니께서 애호박으로 온갖 사랑과 정성을 다해서 요리하신 호박무름, 호박찌개, 호박전, 호박김치 등과 추수를 다하고 난 뒤에 청둥호박 — 익어서 잘 굳은 호박 — 을 얇게 썰어 말린 것을 쌀가루와 팥고물과 섞어서 찐 시루떡과, 잘 익은 호박을 숟가락으로 긁어 팥을 넣고 쌀가루를 풀어서 쑨 호박죽을 이웃 사람들을 초청해서 멍석 위에 앉아 먹던 맛은 진미 중의 진미이었다. 또한 꽁보리밥을 잘 익힌 호박순에 고추장을 발라 싸서 땀을 뻘뻘 흘리면서 먹던 즐거움을 잊을 수 없다. 이렇듯 호박은 시골 사람들에게는 중요한 음식 재료로 쓰이었기에 어린 시절 고향의 아름다운 추억과 어머니의 따뜻한 사랑을 느끼게 하는 것이다. 그래서 우리 속담 가운데 호박과 관련되는 것이 유난히 많은지도 모른다. 예를 들면 "호박잎에 청개구리 뛰어오르듯(연소자가 버릇없이 연장자에게 함부로 행동하거나 건방진 말을 하는 것을 비유하는 말)", "호박씨 까서 한입에 털어 넣는다(조금씩 여투었다가 한꺼번에 털어 없앰을 비유하는 말).", "뒷구멍으로 호박씨 깐다(겉으로는 얌전한 체하면서 속심은 의뭉하여 온갖 짓을 다하는 것을 뜻하는 말).", "호박 나물에 힘쓴다(쓸데없는 일에 혼자 기를 쓰고 화를 냄을 뜻하는 말).", "호박 덩굴이 벋을 적 같아서야(한창 흥할 때라고 함부로 세도 부릴 것이 아니라는 말)", "호박에 말뚝 박기(심술이 궂고 잔혹한 짓을 이르는 말)", "호박에 침 주기(아무 반응이 없음을 이르거나 일이 아주 하기 쉬움을 뜻하는 말)", "호박이 굴렀다(의외로 좋은 경우를 당함을 이르는 말)", "호박꽃도 꽃이냐(얼굴은 못생겨도 여자라고 티를 낸다는 뜻)" 등이다. 이와 같이 호박과 관련되는 속담이 많은 것은 예로부터 호박이 우리의 생활과 밀접한 관계를 맺고 있었음을 말하여 주는 것이다. 그래서 좋은 일이거나 나쁜 일을 비유하여 표현할 경우에 호박을 중심 소재로 삼았던 것이다.

"호박꽃도 꽃이냐"라는 속담에서 '호박꽃'은 '예쁘지 않은 여자'를 비유하고 있다. 선인들은 숱한 꽃 중에서 가장 보기 싫은 꽃이 호박꽃이라고 생각하였던 것 같다. 우리는 이 속담에서 선인들의 왜곡된 심성의 일면을 엿볼 수 있다. 설령 호박꽃이 곱지 않다고 하여 그토록 사람들의 식생활에 없어서는 안 될, 요긴한 식품으로 각광을 받는 호박의 일부분인 꽃을 들어 꼬집는 것은 사람과 사물의 긍정적인 면보다 부정적인 면을 더욱 중시하는, 예나 오늘의 한국인의 어두운 심성을 뒷받침하는 것 같아 씁쓰레한 맛을 감출 수 없다. 사람들 중에는 어떤 이가 열 번 잘하여도 한 번 잘못하면 그를 흉보고 헐뜯는 이가 있다. 사람다운 사람이라면 열 번 잘못하고 한번 잘하여도 상대방을 칭찬하고, 좋게 보려는 마음을 가지고 있을 것이다. 그리고 착하고 어진 사람은 어떤 대상을 보든 추하고 어두운 면보다 아름답고 밝은 면을 보려고 한다. 그럴진대 우리 선인들이 시골 여름의 채소밭이나 초가지붕을 아름답게 장식하는 호박꽃을 추한 꽃으로 본 이유를 이해할 수 없다. 그러한 심성 때문에 둘 이상이 모이면 화합을 하지 못하고 분열을 일삼지 않았나 한다. 이와 같은 심성을 지닌 사람이 있다면 더욱 살기 좋은 환경을 조성하기 위해서 하루빨리 그와 같은 심성을 불식하여야 할 것이다. 인도의 캘카타(Calcutta)는 부유한 도시가 아니지만 지상의 낙원이라고 한다. 그 이유는 그곳에 사는 사람들이 서로 칭찬하고 사랑하면서 살기 때문이라고 한다.

호박꽃은 오이꽃이나 참외꽃에 비하여 크며, 밝디밝은 오렌지빛을 띠고 있다. 이 꽃을 볼 때마다 복스럽게 뚱뚱하고 키가 크며 대단히 너그러워 보이는 맏며느리를 연상하게 한다. 이 식구 저 식구를 만나 집안 식구에 대한 험담을 하여 가정불화를 일으키는 며느리가 아니라 대가족을 품 안에 안고 가정의 굳은일을 도맡아 하면서도 눈살 한 번 찌푸리지 않고 인자한 표정으로 묵묵히 어려운 살림을 꾸려 가는 여인과 같은 꽃이 호박꽃이 아닌가. 비싼 외제 옷에 외제 향수를 온몸에 뿌려 진한 향기를 풍기며, 외제 승용차를 타고, 기교가 섞인 가성으로 대화를 나누며, 자기 딴에는 남에게 우아함을 보이려고 괴이하게 발걸음을 옮기는 여인이 아니라 있는 그대로 소박한 옷차림에 정겨운 음성으로 이야기를 하며, 자연스럽게 거니는 여인이 바로 호박꽃이 아닌가. 교양과 인간성의 결여로 천박하기 그지없으면서도 외모만 그럴듯하게 생긴 여인이 아니라 외모는 빼어나게 아름답지는 않지만 착하고 고운 심성을 지닌 여인이 바로 호박꽃이다. 꽃가게에서 비싸게 팔리는 튤립이나 칸나에 비하여 유별나게 눈에 띄지 않고, 쉽게 시들지 않으며, 언제 보아도 싫증이 나지 않으니 수많은 꽃 중에서 가장 아름다운 꽃은 호박꽃이리라.

꽃들 중에는 대개 꽃이 피는 것으로 그 가치를 다하는 것이 많은데, 호박꽃은 각종 식료품으로 쓰이는 '호박'이라는 열매를 탐스럽게 남기고 그 생명을 다한다. 그래서 호박꽃을 볼 때마다 살신성인(殺身成仁)한 유관순 열사와 같은 존재를 연상하게 된다. 요사이 인간들 중에는 약을 대로 약아 빠져서 의로움이나 어짊을 위해 자기의 목숨을 스스로 기꺼이 버리는 것을 두려워하거나, 아예 몸을 숨겨 버리는 사람이 날로 증가하는 것 같다.

일찍이 서구의 실존주의 철학자들이 지적한 바와 같이 현대 문명의 발달로 말미암은 정신의 무력화와 기계화는 온갖 병폐와 불행을 낳고 있다. 차츰차츰 인간과 인간의 만남에서 한 오라기의 인정마저도 찾아보기가 어렵게 되어 가고 있다. 심지어 가족 간에서도 그런 면을 엿볼 수 있어 삶에 회의를 느끼게 된다. 20여 년 전 어떤 어른에게서 들은 실화가 새삼 가슴에 와 닿는다. 끼니를 제대로 잇지 못하는 어느 가난한 농가에서 있었던 이야기이다. 보릿고개인 오뉴월 어느 날 조반상을 들고 문지방을 넘던 어머니가 굶주림으로 기력이 없어 넘어져 죽을 지경에 이르자 열 살 된 아들이 부엌으로 달려가 식칼로 자기의 가운뎃손가락을 잘라 뚝뚝 떨어지는 피를 그의 어머니 입에 넣어서 살게 하였다는 것이다. 자식의 부모에 대한, 뜨거운 효심을 읽을 수 있는 흐뭇한 이야기이다. 그리고 몇 해 전 전라도에 사는 어느 출가한 여인이 친정에서 진 빚을 갚기 위해 강원도 산골에 있는 친정을 다니러 젖먹이를 업고 가다가 몰아치는 눈보라에 길을 잃어 추운 날씨에 얼어죽었는데, 그 여인의 품 안에 꼭 안겨 있는 어린아이는 살았다는 사건이 신문에 게재된 적이 있었다. 이 사건에서는 어머니의 한없는, 자식에 대한 사랑을 엿볼 수 있다. 그런데 요사이는 그와 같은 인간애를 좀처럼 찾아보기가 힘들다.

우리는 호박꽃의 삶에서 가치 있는 삶의 자세와 의미를 발견하여야 한다. 필요할 때에는 온갖 아첨을 하고, 갖은 형용사를 동원하여 찬양하는데, 이용 가치가 없을 경우에는 경멸하거나 헐뜯어서는 안 된다. 누가 이용하려 하면 한마디 불평도 하지 않고 차별 없이 대하여 주는 호박꽃처럼 모든 것을 사랑하는 마음을 지녀야 한다. 그리고 어떤 사람을 대하든 그의 좋은 면을 보려는 긍정적인 인간관을 지녀야 한다. 아무리 위대한 사람일지라도 결점을 가지고 있지 않은 사람은 없다. 그 나름대로 장점이 있으면 단점이 있기 마련이다. 그러므로 대인 관계에서 성공을 거두려면 남의 나쁜 면보다 좋은 면을 보려고 힘써야 한다.

어떤 대상이나 사실에 대한 관점이나 견해는 사람마다 다른 법이다. 더구나 미인에 대한 인식은 사람에 따라 각양각색이다. 옛사람들은 단순호치(丹脣皓齒)라 하여 입술이 앵두처럼 빨갛고 이빨이 하얀 여인이거나, 팔등신(八等身)이라 하여 키가 머리 길이의 여덟 배가 되는 여인을 미인이라고 하였다. 이와 같이 옛사람들은 현대인과 같이 정신보다 육신— 내면보다 외면—에서 아름다움을 찾고자 하였다. 그런데 진정한 의미의 아름다움은 정신과 육신 양쪽에서 찾아야 할 것이다. 둘 중에서 한 가지를 택한다면 육신보다 정신에서 찾는 것이 현명한 처사일 것이다. 더구나 인생의 반려자로 맞이하기 위하여 미인을 택할 경우에는 육체적인 미인보다 정신적인 미인을 택하여야 한다. 험난한 세상을 오래오래 함께 살아가노라면 온갖 어려운 문제에 부딪히게 되는데 그때마다 부부 사이의 화합이 커다란 힘으로 작용하게 된다. 만약 정신적인 아름다움을 지니지 않은, 육체적인 미인과 결혼한 남자는 그 여인에게서 전혀 도움을 받지 못하거나 오히려 상처를 입는 경우가 많을 것이다. 이와는 반대로 정신적인 미인은 그녀의 남편이 하는 일에 커다란 도움을 준다. 이와 같은 예로 대표적인 여인은 제갈량(諸葛亮)의 부인이다. 그녀의 외모는 못생겼지만 심성이 곱고 현명하며 다재다능한 여인이어서 제갈량으로 하여금 후세에까지 명재상(名宰相)으로 그의 이름을 남기게 하였다. 오늘날에도 저명한 학자, 정치가, 사업가 등의 뒤에는 조용히 이모저모로 그들을 내조하는 정신적인 미인의 아내가 있다.

정신적인 아름다움에다 금상첨화(錦上添花) 격으로 육체적인 아름다움을 지닌 여인을 아내로 맞이한 남편은 행복한 사람일 것이다. 그런 경우는 극히 찾아보기 어려우므로 결혼을 앞둔 총각들에게 권하고 싶은 미인은 바로 정신적인 미인이다. 호박꽃처럼 소박하고, 은은한 향기를 지니고 있으며, 탐스러운 정신적인 미인은 고해(苦海)를 함께 항해하는 데 조금도 부족함이 없는 반려자이기 때문이다. 또한 그녀는 남편으로 하여금 소아(小我)보다 대아(大我)를 위하여, 그리고 사(私)보다 공(公)을 위하여 살도록 등대의 구실을 할뿐더러 용기와 사랑과 지혜의 터전을 언제나 마련하여 주기 때문이다.

총각들이여, 미인을 선택하려고 급급하기 전에, 우선 바르고 후회 없는 선택을 할 수 있는 혜안(慧眼)을 지니기 위하여 힘써야 하지 않겠는가.

〈1983년 9월 25일〉

향기로운 삶

늦봄에 피는 라일락의 향기는 가는 걸음을 멈추게 한다. 그 향기는 온갖 스트레스로 찌든 정신과 육체를 말끔히 씻어 주고 마냥 즐겁게 한다. 그런데 현대인들 중에는 라일락과 달리 한없이 부끄럽게 악취를 풍기면서 사는 사람이 많다.

우리나라에는 정보 기술의 발달과 더불어 가치관이 급변하면서 삶의 여유를 잃고 사는 사람들이 날로 증가하고 있다. 오늘날 또래 간의 횡적인 소통 즉 '가로 소통'은 활발하지만 부모와 자녀 간, 교사와 학생 간, 상사와 부하 간의 종적인 소통 즉 '세로 소통'이 동맥경화증에 걸려 잘 이루어지지 않고 있다. 여기에 이념 갈등, 지역 갈등, 성별 갈등, 세대 갈등이 날로 증폭되고 있다. 그러한 환경 속에서 생활하는 청소년들 중에는 협동, 사랑, 배려, 양보, 겸손, 용서 등의 소중한 가치를 모르는 사람이 많다. 머지않아 우리나라가 카오스(chaos)의 세계로 빠져들 것 같아 두렵고 안타깝다.

전동차를 타기 위해 전철 역사나 탑승장으로 가다가 보면 피난 행렬과 같은 사람의 무리를 보곤 한다. 여유 있게 걸어가는 사람보다 뛰어가는 사람이 더 많다. 그러한 사람들 중에는 약속 시간이나 출근

시간에 맞추기 위해 서둘러 가는 이도 있을 것이다. 그들이야 크게 문제 삼을 필요가 없다. 하지만 별일 없이 달려가는 사람들이 문제이다. 이들은 조급증이나 시간 강박증에 걸려 있을 가능성이 있다. 시간의 노예가 되어 막연히 쫓기고 있는 것이다. 이런 사람들에게는 남을 배려하고 존중하는 마음, 여유 있게 살려는 마음, 기꺼이 남과 함께 인생길을 걷고자 하는 마음이 결여되어 있을 가능성이 많다.

전동차 안에서 사소한 일로 싸우는 사람이나 큰 소리로 휴대전화를 하는 사람을 자주 보게 된다. 전동차 안은 공적인 공간이다. 언짢거나 화가 나는 일이 있어도 다른 사람을 배려하여 인내하고, 너그럽게 용서하고, 싸워서는 안 된다. 전동차 안에서 고성으로 전화를 하면 남에게 소음으로 작용하여 스트레스가 쌓이게 한다. 굳이 휴대전화로 의사소통을 할 일이 있으면 문자 메시지로 대신하는 것이 공중도덕을 지키는 것이고, 남을 배려하는 것이다.

전동차의 희한한 광경 중의 하나는 상당수의 승객이 스마트폰으로 DMB를 보거나 어떤 정보를 검색하느라 고개를 숙이고 있는 것이다. 독서를 하거나 사색에 잠겨 있는 사람은 많지 않다. 가치 있는 정보를 검색하여 이해하는 것은 독서 이상으로 의미 있는 일인데, 찰나의 즐거움을 만끽하기 위하여 검색에 몰두하는 것은 무의미한 일이다. 검색으로 그쳐선 안 되고 반드시 사색을 하여야 좀더 나은 사람이 될 수 있다. 날마다 자주 자신의 삶을 되돌아보고 잘못을 반성하지는 못할망정 하루에 단 한 번이라도 자신의 삶을 반성하는 사람이 많아질수록 이 세상은 더욱 살맛 나는 세상이 될 것이다.

에스컬레이터(escalator)에서 위험하니 뛰어가지 말라는 경고문이 붙어 있음에도 불구하고 그것을 무시하고 계단을 뛰어가는 사람도 있다. 아주 위험한 것은 다른 사람을 건드리면서 에스컬레이터를 뛰어가는 것이다. 아무리 급해도 안전하게 행동하여야 하는데 안전 불감증에 걸려 함부로 행동하는 것이다. 좀 늦더라도 자신이나 다른 사람에게 위험하지 않고 해롭지 않은 언동을 하여야 하는 것이 정상적인 사람의 도리이다.

엘리베이터를 타거나 내릴 때 엘리베이터 안에서도 남을 배려하지 않는 사람이 있다. 엘리베이터를 타기 위해 많은 사람이 줄을 서서 기다릴 때에는 아무리 급한 일이 있어도 새치기를 해선 안 된다. 타려는 엘리베이터가 만원이면 다음에 오는 것을 타야 한다. 사람들 중에는 만원임을 알리는 소리가 나도 억지로 타려는 사람이 있다. 어떤 이는 좁은 엘리베이터 안에서 친지와 큰 소리로 잡담을 나누거나 휴대전화를 하는 이가 있다. 엘리베이터에서 내릴 때 앞에 있는 사람에게 양해를 구하면서 내리지 않고 앞사람을 밀치면서 내리는 이도 있다. 이러한 사람들도 주위 사람들에게 스트레스를 쌓이게 한다.

식당이나 기차, 전동차, 버스 등의 안에서 욕설을 일상어처럼 사용하면서 친구와 대화를 나누는 사람도 주위 사람을 불쾌하게 하거나 눈살을 찌푸리게 한다. 그러한 사람들의 자녀는 어려서부터 부모에게서 욕설을 배워 아무런 부끄러움이나 죄책감도 느끼지 않으면서 욕설을 일상어처럼 사용할 것이다. 어느 연구에 의거하면 욕설을 잘하는 청소년 중에서 상당수가 습관적으로 아무런 느낌이 없이 또래들에게 사용한다고 한다. 욕설은 언어폭력이다. 마음이 여린 학생들은 자기 또래에게서 욕설을 들으면 엄청난 스트레스를 받는다.

요사이 하루가 멀다 하고 중학교와 고등학교 학생들의 자살 사건이 일어나고 있다. 동급생에게서 폭행을 당하거나 왕따를 당하여 스스로 목숨을 끊는 것이다. 정부에서는 그러한 사건을 막기 위해 경찰을 동원하여 폭력을 일삼는 학생들을 단속하고, 교사들로 하여금 적극적으로 학생들을 지도하라고 강력히 지시하고 있다. 그러함에도 불구하고 학교의 폭력 사건이나 자살 사건은 없어지지 않고 있다. 이러한 불행한 사건이 잇달아 일어나는 것은 가정과 학교가 제 기능을 하지 못하기 때문이다. 가족 간, 사제 간, 동급생 간에 흐르는 인정의 샘물이 메말라 버린 지 오래이다. 정부 당국에서는 시급히 가족끼리, 학생과 교사끼리, 동급생끼리 서로 아끼고 사랑하고 존중하는 분위기를 조성하여야 한다. 가족, 학교, 사회 등에 따뜻한 인정의 샘물이 펑펑 솟도록 캠페인을 지속적으로 펼쳐야 한다.

사람이 많이 오가는 길에서 커다란 소리로 웃거나 말하는 사람도 그 주위 사람들에게 짜증을 내게 한다. 영유아 시절에 그의 부모가 주위에 사람이 있으면 조용히 말하고 조용히 웃는 것을 보면서 성장한 사람은 성인이 되어서 그의 부모와 같이 공적인 상황에서는 조용히 말하고 조용히 웃을 것이다. 남들이 불쾌감을 느낄 정도로 교양이 없이 크게 웃거나 말하지 않을 것이다.

낯선 사람이 무뚝뚝한 표정으로 위아래를 훑어보면 매우 불쾌하다. 길거리나 전동차와 버스 안에서 그런 사람을 자주 만난다. 어떤 때는 죄인처럼 몸이 오그라들기도 하고, 어떤 때는 그 사람에게 "왜 노려보느냐?"라고 시비를 걸고 싶은 충동을 느낄 때도 있다. 특히 서양에서 오랫동안 살다 온 사람들은 그러한 사람을 보면 몹시 화가 나고 그 사람이 매우 무례하게 보인다고 한다.

운전하고 가면서 불이 붙은 담배꽁초를 차 문 밖으로 던지거나 침을 뱉는 사람이 있다. 길게 차들이 정차해 있는데 맨 앞으로 가서 새

치기를 하거나, 깜박이를 켜지 않고 갑자기 차선을 변경하는 운전자가 있다. 이러한 사람들도 남을 배려할 줄 모르거나 공중 도덕심이 결여되어 있는 사람이다.

선거철마다 주민이나 행인을 짜증나게 하는 정치인들이 있다. 정치인들이 대로상에서 유세 차량에 타고 마이크를 이용하여 매우 커다란 소리로 유세를 하는 것은 일반인들에게 견디기 어려운 소음으로 작용한다. 관심을 가지고 듣는 이도 없는데 고성으로 말하는 것은 유권자를 괴롭히는 것이다. 그러한 정치인은 사사로운 이익만 생각하고 유권자의 처지는 전혀 고려하지 않는 사람이다. 하루바삐 방음 장치가 된 곳에서 유세 활동을 하도록 법을 만들어 시행하여야 한다.

남과 갈등을 빚을 때 상대의 처지는 전혀 이해하려 하지 않고 일방적으로 자기 의견만 옳다고 막무가내(莫無可奈)로 주장하는 사람도 많다. 갈등을 해결하려면 무엇보다도 열린 마음으로 상대의 말에 공감적 경청을 하면서 상대의 타당한 의견과 자신이 미흡하게 생각한 점을 인정하여야 한다. 상대를 존중하고 상대의 말에 귀를 기울여야 갈등을 해소하고 화목하게 지낼 수가 있다.

선량한 서민을 가장 절망하게 하고, 화나게 하는 이들은 부정부패한 사람들이다. 그들이 서민의 삶의 환경을 가장 많이 오염시키고 스트레스를 가장 많이 받게 하는 존재들이다. 그러한 사람들은 악취를 영원히 풍기는 사람이다.

사랑, 배려, 양보, 겸손, 용서, 청렴 등의 가치를 소중히 여기면서 실천하는 사람이 향기롭게 사는 사람이다.

〈2012년 6월 29일〉

나의 꿈

　　나의 어린 시절 꿈은 시인이 되는 것이었다. 이러한 꿈을 가지게 된 것은 내 고향의 산수가 수려하였기 때문인 것 같다. 우리 동네 앞에는 큰 내가 있고, 뒤에는 높지도 낮지도 않은 산이 병풍처럼 펼쳐져 있다. 마을에서 읍내에 있는 초등학교까지 가는 데는 논들이 이어져 있다. 한여름 아침 학교에 갈 때에는 논 사이로 나 있는 좁은 들길 옆의 온갖 풀이 수정처럼 맑디맑은 이슬을 머금은 채 나를 반기곤 하였다. 학교에서 돌아오면 죽마고우들과 함께 산과 들을 놀이터로 삼아 저녁 늦게까지 즐겁게 놀았다. 여름에는 주로 냇가에서 수영을 하거나 고기잡이를 하고, 가을에는 술래잡기를 하며, 겨울에는 학교 놀이를 하였다. 밤에는 이따금 집 밖에 있는 감나무 옆에서 수많은 별을 바라보면서 노래를 부르곤 하였다. 나에게 시인의 자질이 있었는지 중학교 3학년일 때 지은 시가 뽑혀 중학교 교지인 『샘터』에 실리기도 하였다. 그러나 정작 시인이 되지는 못하였다.

　　나는 충청남도 광천의 가난한 농가에서 4남매 중 둘째로 태어났다. 쌀밥은 일 년 중 생일날에나 먹을 수 있을 정도였다. 그래도 우리 부모님은 교육열이 높으셔서 나를 서울에 있는 고등학교에 다니도록 하셨다. 나는 고향에서 힘겨운 농사를 지으시느라 고생하시는 부모님을 늘 생각하면서 학업에 열중하였다. 향수병으로 울적할 적에는 김소월, 유치환, 서정주, 윤동주의 시 작품을 암송하면서 마음을 달래곤 하였다. 모든 교과의 선생님이 나를 사랑하여 주셨다. 특히 국어 선생님이 가장 많이 사랑을 베풀어 주셨다. 이 선생님은 유머가 풍부하시어 수업 시간마다 우리를 즐겁게 하셨고, 고전 문학을 재미있고 쉽게 가르치셨다. 나는 여러 교과목 중에서 국어 교과를 가장 좋아하여 국어 교사가 되기로 결심하고 서울대학교 사범대학 국어교육과를 지원하여 합격하였다. 대학의 은사님들은 모두가 인격이 고매하신 분이었는데, 그중에서도 나에게 영향을 많이 주신 분은 김형규(金亨奎) 선생님, 이응백(李應百) 선생님, 이두현(李杜鉉) 선생님, 이용주(李庸周) 선생님, 구인환(丘仁煥) 선생님, 박갑수(朴甲洙) 선생님이시다. 이분들은 연구를 열심히 하시고, 강의도 철저히 하셨으며, 제자들을 언제나 친자식처럼 뜨거운 사랑으로 대하여 주셨다. 대학 3학년 때 이용주 선생님께서 핀란드 언어학자인 Ramstedt의 『한국어 문법(A Korean Grammar)』과 미국의 언어학자인 블룸필드(Bloomfield)가 지은 『언어(Language)』라는 책을 읽어 보라고 말씀하셨다. 이 책들을 다 읽고 난 뒤부터 국어 연구에 대한 관심을 가지게 되었다. 복잡다단한 언어 현상을 체계적으로 기술하는 것은 대단히 흥미 있는 일이라고 생각되었다. 이때부터 국어학에 관심을 가지고 국문학보다 국어학에 관한 논문과 저서를 더 많이 읽기 시작하였다. 내가 대학 1학년에 재학하고 있던 1963년에 문교부(지금의 교육부)에서는 학교 문법 용어를 통일하기 위하여 12회의 토의를 하였다. 한자어인 '명사, 대명사, 수사, 동사, 형용사' 등을 쓰는 것이 더 나은지 고유어인 '이름씨, 대이름씨,

셈씨, 움직씨, 그림씨' 등을 쓰는 것이 더 나은지에 대한 국어학자들의 견해가 팽팽히 맞서 있었다. 격론 끝에 음운론의 일부 용어는 '된소리, 거센소리, 예사소리' 등과 같은 고유어 계통의 것을 쓰기로 하고, 품사의 명칭을 비롯하여 대부분의 용어는 한자어로 지칭하는 것을 사용하기로 결정하여 오늘날까지 학교 문법에서 사용하고 있다. 그 당시 나는 한자어보다 고유어로 된 용어를 사용하는 것이 주체성이 있고, 일반 국민이 더욱 이해하기 쉽다고 생각하였다. 나는 초등학교 때 국어 교과서가 우리의 글자인 한글만으로 쓰이지 않고 한글과 한자로 뒤섞여 쓰인 것과 대부분의 지식인이 한글보다 한자를 더욱 즐겨 쓰는 것을 이해할 수가 없었다. 또한 국어 어휘 중에 고유어보다 한자어가 더 많은 것에 대해서 몹시 궁금해 하였다. 그리고 우리나라의 저명한 분들이 한결같이 공자·맹자·노자 등의 말을 직접 인용하여 글을 시작하거나, 자신의 의견을 뒷받침하는 것을 못마땅하게 생각하였다. 5천 년이라는 기나긴 역사를 지닌 민족인데 우리 조상 중에서 그분들과 같이 훌륭한 분이 단 한 분도 없어서 그러는지 궁금하였다.

내가 국어 문법에 대해서 본격적으로 연구하기 시작한 것은 대학 졸업 때 「국어 문법사 연구」라는 학사 학위 논문을 작성하면서부터이다. 이 논문은 19세기말 유길준의 『조선 문전』부터 8·15 광복 이전까지 발간된 국어 문법서들을 연구 자료로 삼아 국어 문법의 연구사를 고찰한 것이다. 틈나는 대로 소공동에 있었던 국립 중앙 도서관과 대학교 도서관에 들러 먼지가 가득 묻어 있는 문법서들을 빌려 역대 문법서의 이론적 특성을 살펴보았다. 동일한 국어 현상에 대하여 문법서 간에 논의가 분분한 것을 확인하고 국어 문법 연구에 더욱 관심을 가지게 되었다.

모든 학문의 궁극적인 목적은 바람직한 철학을 정립하는 데 일조를 하여야 한다고 생각하는데 문법 연구가 문장의 구성 원리만을 고찰하는 데 그치기 때문에 요즈음에는 문법 연구에 회의를 느껴 국어화법론과 사회언어학에 더욱 흥미를 가지고 연구하고 있다. 1998년에는 국어화법론을 연구하는 분들과 '한국화법학회'를 창립하여 함께 연구 활동을 하고 있다.

지금까지 오랫동안 학문의 길을 걸어오면서 부끄럽고 불만족스럽게 생각하는 것은 우리나라의 학자들 중에서 상당수가 외국의 학설에 종속되어 연구하는 것이다. 이와 같이 된 것은 연구 환경이 열악하고, 사대주의가 우리 국민의 의식에 깊이 뿌리를 내리고 있기 때문이라고 생각한다. 학문이 보편성을 띠는 것이라 하여 덮어놓고 외국의 이론에만 얽매여 연구를 하면 영원히 세계에 내세울 만한 독특한 학설을 정립하지 못할 것이다. 나는 이러한 불안과 두려움 때문에 하루도 편안히 지내지 못한다. 그러나 좌절하거나 체념하지 않고 나의 삶이 끝나는 날까지 세계의 학계에 기여할 수 있는 사회언어학과 국어화법론에 관한 새로운 이론을 체계화하기 위해 매진할 것이다.

미래학자들은 21세기에는 지구상에 존재하는 대다수의 언어가 소멸하고 극소수의 언어만이 존재할 것이라고 예언하고 있다. 나는 우리의 언어가 없어지지 않고 더욱 번성하도록 하는 데 온 심혈을 기울이면서 우리말 파수꾼으로 책임을 다할 것이다.

〈2001년 3월 22일〉

우리 가족의 생활

언어를 지니고 생각할 줄 아는 존재인 인간으로서 어떻게 사는 것이 가장 아름다운 삶이라고 할 수 있을까? 이것은 종종 나 자신에게 던져 보는 질문이다.

아무리 돈과 권력을 많이 지니고 있는 존재라 하더라도 남을 사랑할 줄 모르고, 양심에 부끄러운 짓을 하고도 뻔뻔하게 살며, 남이 나쁜 짓을 하여도 무감각하고, 무례한 짓을 함부로 하며, 옳고 그름을 가릴 줄 모르는 무식쟁이라면 진정한 의미의 사람이라고 할 수 없을 것이다.

의사는 그의 아내에게 좋은 직업이고, 법조인은 친가와 처가에 좋은 직업인데, 교수는 자기 자신에게 좋은 직업이라고 한다. 의사나 법조인에 대한 말이 참말인지 몰라도 교수에 관한 말은 옳은 것 같다. 교수인 나 자신의 일상생활을 되돌아볼 때 그렇게 생각된다. 그러기에 나는 항상 가족에게 미안한 마음을 지니고 생활한다.

지난해 말 친지들은 새 천년이 시작되는 첫날의 일출 광경을 보러 동해안이나 서해안으로 가족과 더불어 여행을 떠났다. 그런데 나는 내가 할 일을 핑계로 집에서 새해를 맞이하였다. 마음만은 가족과 함께 철 따라 아름다운 곳에 가서 좋아하는 음식도 사 먹고 주위 경관을 감상하면서 즐거움을 만끽하고 싶은데 실천을 하지 못하면서 나날을 보내고 있다. 가끔 밤에 아내와 함께 영화를 보러 영화관에 가거나, 등산을 하러 가거나, 쇼핑을 하러 백화점과 대형 할인점을 함께 가거나, 집 앞에 있는 초등학교 운동장에서 운동을 함께하는 것이 고작이다. 멋도 여유도 없는 삶이다.

남에게 자랑스럽게 내세울 만한 연구 업적도 없으면서 왜 그리 공부하여야 할 것이 많은지 매일 저서와 논문에 파묻혀 지낸다. 어제보다 오늘 모래알만큼 새로운 것을 깨닫는 것에 자위하면서 산다. 이것이 모두 아내의 덕이라고 생각한다. 잡다한 집안일은 아내에게 맡긴 채 매일 연구실로 출근하여 나의 일에만 전념하면서 살기 때문에 가족 특히 아내에게 미안하고 감사하는 마음을 지니고 산다.

우리 가족은 모두 네 명이다. 이따금 깊이 잠들어 있는 아내의 모습을 볼 때가 있다. 아내는 맏며느리로 끝이 없는 집안일을 쉼 없이 돌보느라 그런지 호랑이가 업어 가도 모를 정도로 매우 지친 모습으로 잠자고 있다. 인간적인 매력이라고는 어느 구석에서도 찾아볼 수 없는 못난 남자와 결혼하여 이렇다 할 즐거움도 맛보지 못하면서 매일 가족을 위해 헌신하면서 열심히 검소하게 사는 아내. 순간 한없이 측은하고 미안한 마음이 온몸을 흠뻑 적신다. 온종일 학교와 학원을 오가면서 공부를 하느라 과로로 시달리면서 생활하는 딸 아이. 이 딸내미는 시샘도 많고, 불의를 보면 용납하지 못하지만 정이 많은 아이다. 어린 나이에 외국에 유학을 가서 문화의 갈등을 극복하고, 성실하게 학업에 열중하고 있는 아들. 이 녀석은 맏이라 그런지 이따금 우리 내외의 건강도 챙기고 근심을 덜어 주려고 무척 노력한다. 이 모두가 소중한 내 가족이다. 우리 가족은 각자의 임무를 다하면서 이웃과 같이 살아가고 있다.

지금까지 우리 온 가족이 함께 찍은 사진이 없다. 아들이 방학 때 귀국하면 가족사진을 반드시 찍어야겠다. 가족과 함께 가까운 곳이라도 여행을 가서 우리 가족만의 오붓한 시간을 가져야겠다. 아내의 마음속 이야기도 들으면서 연애 시절로 잠깐만이라도 돌아가 보아야겠다. 무엇보다도 올해에는 우리 온 가족이 소외된 사람들을 돌보는 시간을 더욱 많이 가져야겠다.

〈2000년 1월 20일〉

기억에 남는 연하장

직업이 대학교수이다 보니 나에게 연하장을 보내는 사람은 제한되어 있다. 나는 주로 연하장을 제자들과 평소에 가까이 지내는 친구와 선후배에게서 받는다. 10여 년이 흘러갔지만 지금도 소중히 간직하고 있는 연하장이 하나 있다. 그것은 어느 남학생이 보낸 것이다.

대부분의 연하장은 인쇄된 것에 건강하기를 기원하거나, 학문의 발전을 기원하는 내용을 한두 문장으로 표현한, 의례적인 것이다. 그런데 그 남학생이 보낸 연하장의 분량은 무려 편지 종이 7장에 한 학기 동안 나의 강의를 들으면서 느끼고 생각한 점을 솔직히 정성껏 적은 뒤에 나를 비롯하여 우리 가족의 안녕을 기원한 것이다. 지금까지 기억나는 이유는 나의 단점을 정확히 지적하여 주었기 때문이다. 또한 이 학생은 요사이 학생들에게서는 좀처럼 찾아보기 어려운 용기, 양심, 스승에 대한 존경 등을 지니고 있다고 생각하였기 때문이다. 그 단점은 나의 부모님이나 은사님들도 지적하여 주시지 않은 것이다.

핵가족화가 급속히 이루어지면서 부모가 자녀를 과잉보호한 탓인지 요사이 젊은이들 가운데는 정신적으로 매우 나약한 사람이 많다. 반면에 자신의 생각을 거리낌 없이 표현하는 사람도 기성세대에 비하여 많다. 이러한 언동을 기성세대에 속하는 사람들 중에는 무례한 것으로 인식하는 이도 있지만, 긍정적인 눈으로 바라보는 이도 있다. 직장에서 상사가 잘못하였을 때에 부하 직원이 단독으로 상사를 만나 예의를 지키면서 잘못을 지적하여 말할 수 있으려면 상사에 대한 사랑과 용기가 있어야 한다. 또한 양심이 있어야 한다. 이러한 사람은 훌륭한 인격자이다. 그런데 우리 사회는 이러한 사람을 문제시하는 경향이 농후하다. 그 요인은 권위주의에 젖어 남의 충고나 조언을 경청할 수 있는 아량이 결여되어 있거나, 그 참뜻을 이해할 수 있는 능력이 없거나, 양심의 소중함을 인식하지 않고 있지 않은 데 있다. 물질문명의 발달과 더불어 급변하는 사회 환경에서 사람답게 살아갈 수 있는 기본 바탕을 마련하여 주는 것이 건전한 사고(思考)와 훌륭한 인격인데, 오늘날 우리나라의 대학과 대학원에서마저도 이러한 자질을 갖춘 사람을 배출하여 내지 않고, 전문 지식이나 기술을 지닌 인간만을 양산하고 있다. 그러기에 추앙할 만한 리더를 찾아보기가 어렵다.

작년 서울 아현동 가스 폭발 사건과 성수대교 붕괴 사건, 올해 대구에서 있었던 가스 폭발 사건, 삼풍 붕괴 사건, 전직 대통령들이 상상하기 어려운 거액 뇌물 수수 혐의로 구속된 사건 등은 무엇보다도 양심의 결여와 삶의 이치에 대한 무지에서 비롯된 것들이다. 지구상에서 가장 자랑스러운 국민으로 웅비하려면 무엇보다도 하루바삐 각계의 리더, 각 가정의 부모부터 건전한 의식과 바람직한 철학을 지니고 실천하여야 한다.

우리 인간은 한없이 불완전한 존재이다. 그리고 빈손으로 이승에 왔다가 빈손으로 저승으로 돌아가는 존재이다. 물질문명이 발달할수록 인간들 중에는 이러한 평범한 진리를 잊어버리고 온갖 죄를 지으면서 살다가 추악하게 죽는 사람이 날로 증가하고 있다. 죽는 날까지 물질의 노예가 되지 않고 사람답게 살려면 초겨울의 청명한 하늘과 같이 파란 양심을 지니고, 자신의 삶을 늘 되돌아보며, 남에게 뜨거운 사랑을 베풀면서 살아가야 한다.

우리 국민 모두가 비통해 하고, 화내며, 부끄러워하여야 할 사건들이 많았던 을해년(乙亥年)이 저물어 가고 있다. 온 국민이 다가오는 병자년(丙子年)부터는 건전한 의식과 바람직한 철학을 지니고 인간의 도리를 다하면서 살기를 간절히 기원한다.

〈1995년 11월 16일〉

비

나는 사계절 중에서 가을이, 가을 중에서도 늦가을, 늦가을 중에서도 11월 하순경에 내리는 비를 좋아한다. 왜냐하면 봄비는 간사한 여인이요, 여름비는 이성을 잃고 행동하는 폭군이요, 겨울비는 여성도 남성도 아닌 중성인데, 11월 하순경에 내리는 비는 진실한 충언을 하여 주면서 죽어 가는 충신(忠臣)이라고 생각되기 때문이다. 아무리 간사하고 잔인하며 악한 인간일망정 임종 때에는 순수한 선(善)과 애(愛)의 화신으로 돌아간다고 한다.

나는 11월 이맘때 내리는 비를 맞으면, 잃어버렸던 자아를 찾곤 한다. 카프카의 '성(城)'에 나오는 'K'처럼 보이지 않는 권력자의 명령에 따라 수없이 방황한 탓으로 시달릴 대로 시달려 한 벌밖에 없는 옷은 해어질 대로 해어졌고, 온몸에는 시퍼런 멍과 더불어 피가 엉겨 있다. 마음 구석구석에는 깊숙한 상처가 있다. 그런데 돌아오는 다음 해에 희망을 걸어 보는 것이다. 보이지 않는 지배자의 굴레에서 약간이나마 벗어나서 좀더 건강하고 좀더 웃을 수 있는 '나'가 되리라. 그리고 새해에는 기필코 삶의 협력자들을 만나 서로 도움을 주고받으며, 그들에게 더욱 많은 사랑을 주고, 그들을 위해 헌신하고 봉사하리라. 지배의 늪 속으로 더욱 깊이 빠져 들어가고 그 누구의 도움도 받을 수 없으며, 아무도 사랑할 수 없고, 그 누구를 위해 헌신할 겨를도 없으며, 더욱 초조해질 것이라는 사실을 뻔히 알면서도 순진무구한 사춘기 소년이 되어 환상의 날개를 펴는 것이다. 태어나서 살다가 죽는 것이 모두 타의 ― 보이지 않는 조물주 ― 에 의한 것인데 잠깐 만이라도 스스로 그런 시간을 가짐으로써 삶의 의의를 확인할 수 있다는 것은 정녕 즐거운 일이다. 그러기에 해마다 이맘때가 되면 그런 계기를 마련하여 주는 비가 눈물이 나올 지경으로 고맙게 여기어져서 비와 더불어 무언의 대화를 나누며 거니는 것이다. 비를 맞으며 걷노라면 부럽고 부족한 것이 없으며, 시련이 고통스럽게 생각되지도 않고, 현실이 슬프고 어둡게 느껴지지도 않으며, 모든 것이 마냥 사랑스럽고 즐겁게 보일 뿐이다.

만추에 내리는 비는, 상실하였던 자아를 재발견하게 하고, 꿈을 갖도록 하여 주는 스승이다.

〈1976년 11월 10일〉

삶의 재음미

며칠 전 주차를 하기 위해 후진을 하다가 실수를 하는 바람에 세워 놓은 남의 차와 세게 부딪혔다. 몹시 당황하여 브레이크 페달을 밟는다는 것이 가속 페달을 밟아 또다시 부딪혀서 차의 옆 부분이 보기 흉할 정도로 찌그러졌다. 운전을 한 후 처음 당하는 일이라 어찌하여야 좋을지 몰라 매우 불안하였다. 아니 한동안 멍하였다. 가까스로 정신을 가다듬은 뒤에 우선 망가진 차의 주인을 만나 사과할 생각으로 아파트 경비원에게 차주의 거처를 물어 알았다. 막상 차주를 찾아가자니 노기 띤 그의 험상궂은 얼굴이 떠올라 발걸음이 제대로 옮겨지지 않았다. 이 세상에 태어나 이토록 커다란 죄의식에 사로잡혔던 적은 없었다. 심호흡을 여러 번 하고 용기를 내어 그 차주의 집에 이르러 초인종을 누르니, "여보세요, 누구세요?"라는 상냥하고 어진 여자의 음성과 더불어 문이 열렸다. 일단 한숨을 쉬고 머뭇거리다가 자초지종을 이야기하고 용서를 빌었다. 힐끔힐끔 상대방의 표정을 읽으면서, 그리고 견딜 수 없는 결과를 각오하고 그녀의 반응을 기다렸다. 그런데 차 주인은 첫인상대로 빙그레 웃으면서 "오셔서 말씀을 해 주시니 매우 고맙습니다."라고 말하지 않는가? 그리고 지난번에는 어떤 사람이 차를 받아 망가뜨려 놓고 그냥 달아나는 통에 고치느라 비용이 많이 들었는데 이렇게 직접 와서 고쳐 주겠다고 말을 하니 고맙다는 것이다. 예상외의 반응에 어안이 벙벙하였다. 차주의 한없이 너그러운 마음에 감동했을뿐더러 남에게 손해를 끼치고 상대방이 보지 않으면 도망가도 된다는 사고를 지닌 사람이 있다고 생각하니 착잡한 마음을 억제하기가 어려웠다.

동방예의지국이라고 칭송을 받던 우리나라에도 비인간화의 물결이 거세게 밀려오고 있다는 말인가? 인간이 다른 짐승보다 존엄한 존재인 까닭은 양심에 부끄러움 없이 언동을 할 수 있는 능력을 갖추고 있기 때문이 아닌가? 만일에 양심이 없이 사리사욕을 채우기 위하여 수단과 방법을 가리지 않고 행동한다면 야수(野獸)와 다를 것이 없지 않은가? 차주에게 여러 번 사과를 하고, 차주의 넓은 관용에 한없이 고마움을 느끼면서 집으로 돌아오는 도중 잠깐이나마 삶을 재음미하게 되었다.

외국에서 비싼 돈을 주고서 사들인 건축자재로 고대광실을 짓고, 끼니마다 산해진미로 식사를 하며, 푸른 초원에서 골프와 테니스를 치고, 종종 수백 명의 저명인사를 초대하여 대연회를 베풀며, 권력과 금력을 맘껏 행사한다고 하더라도 양심이 없는 인간은 참다운 사람이라고 할 수 없으며 삶을 행복하게 영위한다고 할 수 없다. 비록 사글세 방에 세 끼를 겨우 이을 정도로 가난하고, 실오라기 같은 권력도 없으며, 알아주는 이가 별로 없이 산다고 하여도 남에게 아픔을 주지 않고 양심에 따라 하루하루 최선을 다하며, 만나는 사람들마다 그들의 입장에서 그들을 이해하고 사랑하며 사는 사람이 사람다운 사람이고, 보람되게 삶을 영위하는 사람이라고 할 수 있을 것이다.

행복의 평가 척도는 개인마다 다르겠지만, 선각자들은 육체나 물질보다 정신에 더욱 비중을 둔다. 그래서 불경에 일체유심조(一切唯心造)라는 말이 있는지도 모른다. 모든 것은 마음먹기에 달려 있는 것이다. 행복도 불행도 어떤 마음을 가지고 사느냐에 따라 결정되는 법이다. 권력이나 금력이나 명예나 지위는 한낱 장식품에 불과한 것이다. 인생은 공수래공수거(空手來空手去)라고 하지 않는가. 빈손으로 이 세상에 왔다가 빈손으로 저승으로 가는 것이 인간 모두에게 부여된 운명일진대, 구태여 온갖 욕구로 괴로워하며 남에게 크나큰 고통을 주면서 사는 것이 얼마나 어리석은 짓인가? 이 세상 사람이 모두 황금만능주의에 빠져 양심을 잃고 방황하더라도 '나' 하나만이라도 참다운 삶의 이치를 깨닫고 삶다운 삶을 영위하여야 할 것이다. 남의 아픔을 위로하여 주지는 못할망정 아프게 하여서도 안 되고, '나'라는 존재가 아무리 존엄하다고 여겨져도 남도 존엄한 존재라는 사실을 인식하고, 양심에 티끌만큼도 부끄러움 없이 살아가기 위해 힘써야 할 것이다. 남을 때려눕힌 자는 다리를 뻗고 자지 못하지만 맞아 쓰러진 사람은 다리를 뻗고 자는 법이다. 가지려 하지 않고 주려고 하며, 양심에 따라 움직이고, 자신보다 남의 존재 가치를 인정하는 사람이 사람다운 사람인 것이다. 이 세상의 사람들이 모두 이와 같다면 고해(苦海)가 감해(甘海), 낙원으로 바뀌게 될 것이다.

〈1983년 3월 30일〉

진정한 행복

삶이 고달프고 무미건조하게 여겨질 때마다 따뜻한 정이 그리워서
고향을 찾아간다. 그런데 고향에 가면 타향에 온 듯한 착각에 빠지게
되어 허전하고 서글픈 마음으로 부랴부랴 귀경하곤 한다.

동네 사람들이 한여름 밤에 마당 한가운데 모깃불을 지펴놓고 빙
둘러앉아 이 집 저 집에서 가져온 찐 감자와 옥수수, 참외, 토마토 등
을 배불리 나누어 먹으면서 인정의 불꽃으로 밤을 새우는 장면을 요
사이는 어디서도 찾아볼 수 없다. 첫사랑과 함께 거닐던 오솔길은 넓
은 차도로 변하였고, 내가 태어나 자란 집과 매일 어울려 즐겁게 놀던
죽마고우들의 집들은 한옥에서 양옥으로 바뀌었다. 악한 사람도 고향
을 찾을 적에는 선인(善人) 군자(君子)가 되고, 여우도 죽을 때 자기가
태어난 굴 쪽으로 머리를 두고 죽는다고 하는데 나와 같이 본의 아니
게 고향을 잃어버린 사람들이 얼마나 많은가.

언제부터인가 신문 사회면을 보면 마음에 어두운 그림자가 길게 드
리워져서 신문을 대하기가 꺼려진다. 왜냐하면 사회면이 거의 사기,
도박, 폭행, 강간, 강도, 살인, 자살, 끔찍한 교통사고, 정치인들의 추
한 싸움 등의 기사로 가득 채워져 있기 때문이다. 이처럼 전국 방방곡

곡에서 일어나는 슬프고, 노엽고, 안타까운 사건들이 나와 직접 관련이 없다고 하여 수수방관해서는 안 될 것이다.

우리 민족은 너무나 오랫동안 물질적으로 빈곤한 생활을 하여 왔다. 누구에게나 빈곤의 늪에서 벗어나는 것이 선결 과제이었다. 그러나 그동안 온 국민의 피땀 어린 노력으로 이제는 선진국과 어깨를 겨룰 만큼 경제적으로 부유한 나라가 되었다. 그런 반면에 철학의 빈곤으로 고통을 겪게 되었다. 진정한 행복은 물질적인 풍요에 못지않게 그것을 이롭게 활용할 수 있는 심오한 철학의 확립과 실천에 있다. 정신의 뿌리가 깊은 나무에 피는 경제의 열매는 아무리 강한 바람에도 떨어지지 않는다는 사실을 깨닫고 소담스러운 열매가 열리도록 뿌리를 잘 보살펴야 할 것이다.

〈1981년 10월 23일〉

딸과 아빠의 카톡

딸　: 어버이날 선물 듀오락 내일 발송하면 모레 도착할 거예요.

아빠 : 고맙다. 절약해.

딸　: 네 아빠. 건강하시라고 보내는 선물인데 걱정하시면 건강에
　　안 좋아요. 아끼고 잘 살게요. 걱정하지 마세요.

아빠 : 근검절약을 하면서 생활해. 노후에 편안히 살려면 개미처럼
　　살아야 해. 민아의 적성, 꿈을 고려해서 도와주렴. 지나치게
　　여러 과목을 과외하도록 하지 마. 공부는 자기가 스스로 즐
　　겨 노력해야 잘해. 싫어하는 과목을 강요하지 마. 꼰대를 비
　　난하는 시대라서 조언하기도 힘들구나.

딸　: 고맙습니다. 저희 살림이야 많이 아끼기는 하는데 부모님께
　　는 최대한 잘해 드리고 싶어요. 별거 아니지만 계실 때 후회
　　없이 잘 챙기고 싶어요.
　　민아는 방과 후 수업 본인이 듣고 싶은 것만 듣고 재밌게
　　잘 공부하고 있으니 걱정하지 마세요. 원하지 않으면 강요
　　하지 않고 동기 부여를 해 주도록 노력하고 있어요.
　　아이 키우다 보니 어른들 말씀이 시간 지나고 나면 다 맞더

라고요. 잔소리라고 생각하지 않으니 너무 서글퍼하지 마세요. 아빠, 감사해요. 사랑해요.

아빠 : 고맙다. 우리나라 부모들은 자녀의 적성, 취미, 꿈 등을 무시하고 다른 자녀들과 비교하여 지지 않으려고 억지로 많은 과외를 시키는 것 같아 안타깝다. 뇌의 정보 처리 능력은 한계가 있어. 너희는 민아를 잘 양육하고 있어.

딸 : 그런 사람(알파맘)들도 많이 있고, 자녀의 미래를 걱정해서 억지로라도 시키는 사람들도 있더라고요. 사람마다 성장 환경에 따라 상이한 가치관을 갖고 사니까 무엇이 옳고 그르다 함부로 얘기할 수 없지만 저는 베타맘에 가까운 것 같아요. 성장하면서 부모님께 전폭적인 지지를 받고서 하고 싶은 공부는 다 해 봐서 그런가 봐요. 아이가 다양한 경험을 하고 도전할 수 있게 동기 부여를 해 주는 건 중요한 것 같아요. 민아는 요즘 친구에게 좋은 영향을 받아서 책을 꾸준히 읽고 있어요. 사람들 모두 장점과 단점이 있어서 여러 사람을 만나보고 관찰하는 게 민아에게도 도움이 되는 것 같아요. 민아는 몸도 마음도 건강하게 잘 성장하고 있어요. 너무 걱정하지 마세요.

아빠 : 수고가 많다. 자녀도 독립된 인격체라는 것을 명심하고 사랑으로 돌보도록 해. 민아가 따뜻한 인성과 경제적인 자립 능력을 갖춘 사람으로 성장하길 바란다.

딸 : 네 감사합니다. 그런 사람으로 성장하도록 보살펴 줄게요.

아빠 : 고맙다. 늘 즐겁고 건강하게 생활하렴.

〈2022년 4월 25일〉

타산지석

　근래 신문 사회면에 보도된 사건들— 어떤 어머니가 빚 때문에 어린 3남매를 죽이고 자살을 기도한 일과 30대의 아버지가 어린 자식들을 흉기로 무참하게 죽인 일— 은 충격과 경악을 금치 못하게 한다. 이 사건은 미국의 저명한 미래학자 토플러(Alvin Toffler)가 일찍이 예고한 바와 같이 사랑의 원천지인 가정의 파괴를 의미하며 인간의 기본적인 도리와 양심의 상실을 뜻한다. 또한 그 사건이 어린이를 사랑하고 보호하여야 할 위치에 있는 부모들에 의하여 일어났다는 점은 시급히 해결하여야 할 범국민적 선결 과제임을 시사한다.

　부모는 어린 자녀에게 비싼 옷을 사 주고, 맛있는 음식을 먹게 하고, 용돈을 푸짐하게 주는 것으로 만족하지 말고 영원히 소멸되거나 상실되지 않을, 가치 있는 정신의 선물을 주어야 한다.

　타인의 파렴치한 언행을 비웃는 것으로 그치거나 방관하여서는 안 되고, 그것을 타산지석(他山之石)으로 삼아 인간으로서 조금도 부끄러움이 없는 언행을 실천하여 어린 자녀들이 스스로 체득하도록 하여야 한다. 한마디의 말, 사소한 행동이라도 예의 바르고 정겹게 하여야 한다. 자녀에게 자신보다 남이 소중하며, 결과보다 과정이 중요하고, 실력이나 명예나 지위보다 따뜻하고 바른 인간성이 더욱 소중하다는 것을 깨닫게 하여야 한다. 덕성이 결여된 인간은 '로봇'일지언정 참다운 의미의 사람이라고 할 수 없다.

앞으로 가정과 사회, 국가, 세계에서 중추적인 역할을 할 대학생은 인정이 넘치는 생활 환경 조성의 의무를 지니고 있다. 따라서 고도의 전문 지식과 기술의 탐구와 습득 못지않게 틈틈이 철학, 미래학, 역사, 사회학, 문학, 심리학, 문화인류학, 종교 서적 등을 탐독하고 사색하며, 음악·미술·연극·영화·무용 등을 감상하고, 각종 운동으로 육신을 단련하며, 자신과의 진지한 대화를 통해 참다운 인간성의 함양에 힘써야 할 것이다.

〈1983년 5월 19일〉

막내둥이

늘그막에 사내 녀석을 하나 더 보게 되었다. 이렇다 할 취미도 없어서 매일 덤덤한 생활을 하여 왔는데 지난 4월 10일에 이 녀석이 생겨 살맛이 난다.

이 녀석은 마르티즈 강아지로 이름은 '단비'다. 이 녀석의 체구는 왜소하지만 대단히 날씬하다. 체중은 3.5kg이고, 신장은 60cm로 아주 조그마한 체구를 지니고 있다. 털은 눈처럼 하얗고, 다리는 홍학처럼 길고 가늘다. 눈은 늘 초롱초롱하다. 귀는 유비의 귀처럼 축 늘어져 있다. 미소년이라고 일컬을 만하다.

아침 일찍 외출하였다가 저녁때 집에 돌아오면 내 발등을 살짝살짝 물면서 큰소리로 뜨겁게 환영한다. 이 녀석이 환성을 지르는 것을 처음에는 이웃에게 폐를 끼치는 것 같아 싫어하였는데 이제는 이 녀석의 변함없는 환대에 감동을 받아 좋아한다. 서재에서 독서를 하거나 글을 쓸 적에는 방문 앞에 앉아서 나를 바라보거나 서재에 들어와 나를 향해 드러눕는다. 거실의 소파에 앉아 텔레비전을 시청할 때 이 녀석은 탁자 아래에 앉아 나를 지켜보다가 잠들곤 한다. 밤에 잠을 잘 적에도 혼자 자려고 하지 않고 나와 함께 자려고 한다.

이 녀석이 자는 모습은 정말 가관이다. 팔과 다리를 네 방향으로 하고 천장을 향해 자기도 하고, S자형으로 자기도 하며, X자형으로 자기도 한다. 청각이 얼마나 발달하였는지 곤히 자다가 조그만 소리에도 깨곤 한다. 이 녀석은 먹성이 대단하다. 음식을 주기가 무섭게 마파람에 게 눈 감추듯이 단숨에 먹어 치운다. 그래서 우리는 이 녀석의 별명을 '진공청소기'라고 지어 주었다. 딱딱한 음식도 씹지 않고 그냥 삼켜 버린다. 길고 큰 것을 그렇게 먹는 바람에 음식이 목에 걸려 고생을 한 적도 있다.

이 녀석은 대소변을 잘 가린다. 언제나 뒤 테라스에 있는, 이 녀석의 전용 화장실에서 대소변을 본다. 다른 장소에서 함부로 실례를 하지 않는다. 테라스의 문이 닫혀 있으면 문을 열어 달라고 문을 탁탁 친다.

이따금 이 녀석은 사고를 내어 가족들에게 혼날 때가 있다. 이 녀석만 집에 두고서 온 가족이 외출한 사이에 휴지통을 엎어 난장판을 만들어 놓는 경우가 있다. 또한 생쌀을 많이 먹는 바람에 배탈이 난 적도 있다. 사고를 낸 날은 우리를 보자마자 부리나케 식탁 밑으로 숨어 버린다. 잘못하여 야단을 맞을 행동은 되도록 반복하여 하지 않는데, 휴지통을 뒤집어 놓는 일을 반복해서 하곤 한다. 이것은 자기만 집에 내버려 두고 외출해서 화가 난 것을 가족들에게 보여 주기 위해서 하는 것 같다.

이 녀석은 가족과 떨어지는 것을 대단히 두려워한다. 이 녀석의 전 주인이 해외 지사로 근무하기 위해 그의 가족이 미국으로 가면서 우리 집에 이 녀석을 주고 떠났다. 우리 집으로 온 뒤 약 1주일 동안은 밤에 잠을 자지 않고 현관문만 바라보면서 생활을 하였다. 주인이 자기를 데리러 올 것이라고 믿었던 모양이다. 그 믿음이 수포로 돌아간 뒤에 이별의 공포증을 가지게 된지도 모른다. 이 녀석은 아내가 친가(親家)에 맡기고 잠시 시장에 다녀오는 동안에는 현관문 앞에 앉아서 아내가 돌아오기만을 학수고대한다고 한다. 장모님이 먹이를 주려고 불러도 들은 척도 하지 않고 현관문을 응시하면서 그대로 앉아 있다고 한다.

이 녀석을 만나기 전까지 난 애완동물을 별로 좋아하지 않았다. 농촌에서 중학교를 다닐 적에 학교에서 집에 돌아오니 누렁강아지가 약을 먹은 쥐를 먹고 죽어 가고 있었다. 어머니에게 녹두 즙을 내어 달라고 하여 그 녀석에게 먹였으나 끝내 죽고 말았다. 그때 난 그 녀석을 묻어 주고 얼마나 서럽게 울었는지 모른다. 그 이후 우리 집에서는 개를 기르지 않았다. 그러다 보니 애완동물을 좋아하지 않게 되었는지도 모른다. 그런데 올해 4월 초 아내와 딸내미가 '단비'를 데려오고 싶다고 말해서 마지못해 응낙을 하였다. 이 녀석과 생활을 하다 보니 새록새록 정이 들어 이제는 하루라도 이 녀석을 보지 못하면 무척 보고 싶다. 올 7월 튀르키예에서 개최된 국제학술대회에 함께 참가한 어느 분이 가족이 보고 싶지 않으냐고 묻기에 가족보다 단비가 보고 싶다고 응답하니 그분이 어처구니없다는 듯이 어안이 벙벙한 표정을 지었다. 이렇듯 내가 병적으로 개를 좋아하게 된 것은 개가 사람보다 나은 것 같기 때문이다.

요사이는 개만도 못한 사람이 날로 늘어가는 것 같아 무척 안타깝다. 개는 일편단심으로 주인을 좋아한다. 좀 서운하게 대하더라도 불평불만을 장황하게 늘어놓거나 반항하지 않는다. 절대로 해코지를 하지 않는다. 변절하지도 않는다. 주인이 어떻게 대하든 변함없이 좋아한다. 그러나 인간은 언짢게 대하면 불평하거나 심하게 반항하기도 한다. 상대가 자기에게 아무 잘못을 하지 않았는데도 갖은 모함과 비방을 일삼는 인간도 있다.

개는 임무를 충실히 수행한다. 피곤하여 잠을 자다가도 이상한 사람이 오면 큰소리로 주인에게 수상한 사람이 왔음을 알려준다. 그런데 인간들 중에는 책임을 다하지 않으면서 자기 이익만 철저히 챙기려는 이가 많다.

올여름은 유난히 무덥다. 우리 집 막내둥이 '단비'도 더위 탓인지 힘이 없어 보인다. 오늘은 단비의 간식을 사 가지고 가서 영양 보충을 하여 주어야겠다

〈2004년 8월 21일〉

제 4 절

교육의 나침반

어머니의 말씀

　사람은 대부분 자기가 가장 존경하는 사람이 있을 것이다. 어떤 이는 위대한 스승이나 석학을, 어떤 이는 위대한 성직자를, 어떤 이는 위대한 정치가를, 어떤 이는 위대한 사업가를, 어떤 이는 위대한 의사를, 어떤 이는 위대한 과학자를 존경할 것이다. 그런데 내가 이 세상에서 가장 존경하고 사랑하는 분은 나의 어머니 송영화(宋榮花) 여사이다.

　나의 어머니는 부유한 농가에서 태어나시어 어려움 없이 생활하시다가 빈궁한 양반집으로 시집을 오셨다. 꼭두새벽에 일어나시어 절구통에 보리방아를 손수 찧어 아침밥과 저녁밥을 지으시고, 힘겨운 농사일을 하셨다. 밤에는 늦도록 등잔불 아래서 가족들의 헌 옷을 꿰매시거나 새 옷을 지으셨다. 하루 24시간 중에서 주무시는 네댓 시간을 제외하고 그 나머지 시간은 온갖 집안일을 하시느라 쉴 새가 없으셨다. 그러함에도 불구하고 짜증을 부리시거나 화를 내시는 모습을 뵌 적이 없다. 늘 밝은 표정으로 즐겁게 생활하셨다. 내가 말썽을 피워 아버지에게 혼날 것이 두려워 피하였다가 한밤중에 도둑고양이처럼 살금살금 집에 돌아와 허기진 배를 채우려고 부엌에 들어가 무쇠솥을 열어 보면 주발(周鉢)에 담겨 있는 따뜻한 밥과 국이 있었다. 어머니께서 내가 먹을 밥과 국이 식지 않도록 온기가 남아 있는 솥에 넣어 두신 것이다. 그때 나는 어머니의 사랑에 감동하여 눈물을 흘리면서 밥을 먹었다.

내가 초등학교 6학년 때 학교에서 과외 공부를 하고 밤늦게 집으로 돌아오는 논둑 길에서 나를 마중 나오신 어머니를 만났다. 어머니는 공부하느라 힘들 테니 업어 주시겠다고 하셨다. 어머니는 나를 업고 오시는 도중에 "너 때문에 산다."라고 말씀하셨다. 그때 나는 그 말씀을 하시는 이유와 그 말씀의 숨은 의미에 대해 깊이 생각하지 않고 가볍게 흘려들었다. 그런데 중학교에 들어가서야 그 말씀의 의미―"네가 훌륭한 사람이 되기 위해 열심히 공부하여야 삶이 고달프더라도 희망을 가지고 살 것 같다."―를 어렴풋이 알게 되었다. 그 당시 어머니는 가정의 안팎일을 하시느라 정신적·육체적으로 너무 힘드셔서 삶에 회의를 느끼시고 절망하고 있으셨는지도 모른다. 우리 가족 중 누구도 어머니의 힘겨운 처지를 이해하고 도와주려는 사람이 없었던 것 같다. 초등학교 때 나는 학교에서 집으로 돌아오자마자 동네 친구들과 어울려 노는 데만 열중하였고 공부는 소홀히 하였다. 중학교 1학년 때 어머니의 그 말씀의 뜻을 이해한 후 나는 성공하여 어머니를 잘 모시기 위해 열심히 공부하여야겠다고 굳게 결심하고 그대로 실천하기 위해 힘썼다. 중간고사 시험 시간표가 발표된 날부터 스스로 시험 준비 계획을 세워 열심히 시험공부를 하였다. 그 결과 고등학교를 졸업할 때까지 우등생이었다. 고등학교 2학년 때에 스스로 대학 입시 준비 계획을 세워 고등학교 3학년에서 배우는 영어와 수학을 미리 공부하여 놓았다. 고등학교 3학년 때에는 매일 서너 시간만 자고 공부를 하였다. 부모님의 짐을 조금이라도 덜어 드리기 위해 서울 대학교의 여러 단과대학 중에서 유일하게 수업료를 면제받는 사범대학 국어교육과에 입학하여 졸업할 때까지 가정교사 생활을 하였다. 가끔 가정교사 월급을 남겨 부모님께 드리기도 하였다. 대학교 3학년과 4학년 여름 방학에 서울 근교에 있는 30사단에서 ROTC 훈련을 받을 때 주말에 가족이나 연인과 면회를 한 날이면 저녁 식사 후 비상훈련을 받았다. 정신이 해이해졌다고 하여 실시하는 훈련이었다. 나에게는 면회를 오는 사람이 없어서 내무반에서 처량히 지냈는데 이러한 훈련을 받노라면 은근히 화가 나기도 하였다. 황혼이 붉게 물든 저녁때 완전군장을 한 채 4kg 이상이나 되는 M1 소총을 들고 구보를 할 적에 다정히 데이트를 하는 연인을 보면 견디기 어려울 정도로 힘들었다. 우리 일행의 뒤에는 여러 대의 구급차가 따라왔다. 기진맥진하여 쓰러져 구급차에 실려 가는 사람도 있었다. 나는 발걸음을 옮기지 못할 정도로 힘들어도 고향에서 고생하시는 어머니를 생각하면서 끝까지 완주하였다. 연변장에 도착하면 구대장이 땅에 드러누워 하늘을 바라보라고 하였다. 여름밤 하늘에는 수많은 별이 구보 도중에 낙오하지 않은 우리를 환영이라도 하듯이 반짝이고 있었다. 환희의 눈물이 흘러내렸다. 어디선가 "장하다, 내 아들!"이라는 어머니의 말씀이 들리는 듯하였다.

내가 이 세상에 태어나 지금까지 임무에 충실하고 성실히 생활하게 된 것은 어머니가 몸소 자녀에 대한 사랑과 헌신을 행동으로 보여 주시고, 6학년 때 어머니께서 하신 "너 때문에 산다."라는 말씀 때문이다.

나의 어머니는 나에게 공부를 하라고 말씀하신 적이 한번도 없으셨다. 요사이 부모들 중에는 자녀에게 고액 과외를 시키고 매일 공부하라고 잔소리하는 사람이 많다. 그런데 그 자녀들 가운데 상당수는 공부를 잘하지도 못하고 인격을 갖춘 사람으로 성장하지도 못한다. 사람은 스스로 열심히 공부하여야겠다는 의지가 있어야 공부를 잘할 수 있는 법이다. 학부모는 자신이 할 일을 열심히 하고, 늘 자녀를 뜨겁게 사랑하며, 자녀의 처지를 이해하여 자녀에게 학습 의욕을 갖도록 하는 감동적인 말을 이따금씩 짤막하게 하면 자녀는 가치 있는 사람으로 성장할 것이다.

〈2004년 2월 15일〉

줄탁의 교훈

　교육자란 학생을 좀더 나은 사람으로 변화시키는 일을 하는 사람이기에 양심에 따라 살아야 한다. 그런데 교육자도 미완성의 존재이므로 어느 시인이 간절히 노래하였던 것처럼 하늘을 우러러 한 점 부끄러움 없이 살기란 어려운가 보다. 1998년 8월에 정년 퇴임을 한 서울대학교의 헌법학자인 아무개 교수는 정권의 하수인(下手人) 노릇을 한 제자를 둔 것에 대하여 부끄럽게 생각한다는 말을 하였다고 한다. 그는 제자들을 바르게 교육하지 못한 것을 스스로 한탄한 것이다. 대부분의 교육자는 자신보다 훌륭하게 살아가는 제자를 둔 것을 보람으로 여기고 행복해 한다. 엄청난 돈·무시무시한 권력·화려한 명예보다도 남에게 아름다운 사랑을 베풀면서 사는 제자를 볼 때 더욱 기뻐한다. 교육은 인간을 좀더 나은 인격체로 변화시키는 것이다.

　한 학생을 훌륭한 사회인으로 변화시키는 일은 용이하지 않다. 교육자와 학생이 줄탁(啐啄)을 하여야 한다. '줄(啐)'은 달걀 속의 병아리가 껍질을 깨뜨리고 나오기 위하여 껍질 안에서 쪼는 것을 뜻하고, '탁(啄)'은 어미 닭이 달걀 밖에서 쪼아 깨뜨리는 것을 뜻한다. 어미 닭과 병아리가 달걀 껍질을 안팎에서 함께 쉼 없이 쪼아야 새로운 생명체인 병아리가 태어날 수 있는 것과 같이 교육자와 학생이 일심동체가 되어 학문 탐구에 심혈을 기울여야 일정한 교육 목표에 도달할 수 있다. "순자(荀子)"의 권학편(勸學篇) 첫머리에는 다음과 같은 말이 있다.

> 학문은 잠시도 쉬어서는 안 된다. 푸른빛은 쪽빛에서 나오지만 쪽빛보다 더 푸르며, 얼음은 물이 만들지만 물보다 더 차다(學不可以已 靑出於藍而靑於藍 氷水爲之而寒於水).

'쪽'이라는 식물도 푸른빛을 띠는 것인데, 인간이 노력을 하면 이것보다 더 푸르디푸른 빛깔을 띠게 할 수 있는 것이다. 학문을 하고 인격을 형성하는 것도 이와 같다. 홀로 하루아침에 가치가 있고 참신한 논문을 쓸 수 있는 것이 아니고, 훌륭한 인격자가 될 수 있는 것도 아니다. 사제(師弟)가 동행하여야 심오한 학문의 이론을 창출할 수 있고, 후덕한 인격을 갖춘 사람이 될 수 있는 법이다.

미래학자들은 한결같이 미래 사회에서는 전문가가 권력을 향유할 것으로 전망한다. 교수는 학생들로 하여금 전문 지식과 인격을 갖출 수 있게 교육을 하고, 학생은 부단히 인격 형성에 힘쓰면서 수많은 국내외 저서와 논문을 섭렵하여 질문할 것을 가지고 수업에 임해서 토의와 토론을 통해 전문 지식을 체계적으로 갖추어야 한다. 이렇게 대학 생활을 하고 대학을 졸업하면 '출람지예(出藍之譽)'*라는 칭송을

---

* 출람지예(出藍之譽) : 제자나 후배가 스승이나 선배보다 낫다는 평판을 얻는 명예를 이르는 말.

듣는 사람이 될 것이고, 생존 경쟁이 치열해질 미래 사회에서도 슬기롭게 살아갈 수 있을 것이다.

〈2001년 5월 10일〉

가정 교육의 중요성

금년 봄은 예년에 비하여 매우 참담한 계절이었다. 삶에 대한 뜨거운 열정과 사랑으로 오뉴월의 녹음처럼 싱싱하고 발랄하게 살아가야 할 중·고교 학생들 가운데 여러 명이 스스로 목숨을 끊은 서러운 사태가 벌어졌기 때문이다. 매스컴에서는 이와 같은 사건을 보도하였지만, 이를 방지하는 효과적인 대책을 다각적인 측면에서 심층적으로 제시한 바가 없다. 그리고 정부 당국이나 교육자, 전문가들도 누구나 공감할 수 있는, 청소년들의 자살 방지 대책을 제시하지 못하고 있다.

날이 갈수록 비행(非行) 청소년과 자살 청소년이 늘어 가는 것은 가정 교육이나 학교 교육이 중병에 걸려 있음을 입증하는 것이다. 일시적인 교육 정책을 입안하여 시행하거나 몇몇 교육학자나 심리학자, 일선 교육자들이 모여 좌담회를 하는 것으로는 그 중병을 완전히 치료할 수가 없다. 오늘날 가정과 학교에서 행하여지는 교육의 대혁명이 절실히 요구된다. 이 교육의 혁명이 성공을 거두려면 모든 국민의 지혜를 모아야 한다. 이것은 단기간에 교육 정책 담당자나 몇몇 학자의 노력으로 성취되지 않는다.

우선 당사자인 중·고교에 재학 중인 청소년들의 꿈과 고뇌, 생활상

등을 분명히 알아야 한다. 그리고 학부모들의 자녀에 대한 교육 방법과 자세, 그들이 바라는 자녀의 인간상, 그리고 그들의 철학 등을 알아야 한다. 또한 현장 교사들의 교육 실태와 그들의 이상과 고뇌, 여건 등을 알아야 한다. 그리고 교육 제도와 사회 제도의 문제점을 파악하여 바람직한 방향으로 해결하여야 한다.

교육이 소기의 성과를 거두려면 학교 교육이 바람직하게 이루어져야 함은 말할 것도 없거니와 가정, 사회, 국가 등이 바람직한 방향으로 발전하여 가야 한다. 아무리 학교의 교육이 이상적으로 이루어진다고 하더라도 가정, 사회, 국가 등의 구성원들의 의식, 사고, 행동 등이 바람직하지 않거나 사회와 국가의 여러 현상이 학교의 교육 내용과 괴리 현상을 빚을 경우 학교 교육은 소기의 성과를 거두지 못한다.

청소년들의 자살률이 날로 높아지는 요인을 어떤 이는 입시 위주의 교육 제도에서 찾고 있다. 그리고 어떤 이는 열등감, 소외감, 증오하는 사람에 대한 복수심 등이 자살의 원인이 된다고 한다. 이렇듯 사람에 따라 청소년들의 자살 원인에 대한 의견이 다르다. 청소년들의 자살 원인과 그 대책을 한마디로 말하기란 어려운 일이다.

이상적인 교육은 정신주의(精神主義)와 물질주의(物質主義)를 조화시킨 것이어야 한다. 그런데 우리나라의 교육은 8·15 광복 이후 오늘날에 이르기까지 미국의 영향을 받아 정신주의보다 물질주의 교육에 치중하여 왔다고 하여도 지나친 말이 아니다. 이로 말미암아 날로 발전하여 가는 과학 문명을 통제할 수 있는 철학을 정립하지 못한 채 교육이 표류하고 있다.

1960년대까지만 하더라도 우리 국민은 대다수가 '생활'하지 못하고 '생존'하기에 급급하였는데, 그동안 국민들의 피땀 어린 노력으로 보릿고개를 넘어서 어느 정도 경제가 성장하였으나 생활 철학은 퇴보한 면도 없지 않다. 그 원인은 상당수의 국민이 물질적인 생활의 풍요에만 힘쓰고, 그것을 바람직한 방향으로 제어할 수 있는 생활 철학의 정립에는 태만한 데 있다.

2000년대를 눈앞에 둔 오늘날은 1960년대나 1970년대와 모든 생활 환경이 달라졌다. 과거에는 물질적인 면은 빈곤하였으나 정신적인 면은 풍요로웠다. 세 끼 중에서 한두 끼만을 먹더라도 가족 간, 이웃 간에 따뜻한 인정이 오갔다. 행복과 불행, 기쁨과 슬픔, 고뇌와 환희를 함께 나누려고 힘썼다. 그런데 오늘날에는 과거에 비하여 물질적인 면은 풍요로워졌으나 정신적인 면은 심각할 정도로 빈곤하여졌다.

오늘날 중·고교 학생들의 학교 생활상을 살펴보면, 입시 위주의 교육, 지식을 위한 지식의 교육으로 말미암아 중·고교생들은 정서가 메마르고 낭만이 사라진 상황에서 새벽부터 밤이 이슥할 때까지 수많은 교과의 지식을 익히기에 여념이 없다. 1960년대에도 입시 경쟁은 치열하였다. 그러나 그 당시의 학생들은 각자 나름대로 각급 학교 입시 준비에 열중하면서도 고전과 명작들을 탐독하고, 예술 작품을 감상한 뒤에 친구들과 밤을 지새우면서 토의와 토론을 하였다. 그리고 학교에서도 정규 수업이 끝난 뒤에 영어, 수학, 국어 등 기본 교과에 한하여 한두 시간 과외 수업을 실시하는 것이 고작이었다. 오늘날처럼 학교가 학원의 기능까지 겸하지는 않았다.

중·고교가 명실상부한 전인교육(全人敎育)의 장소가 아니고, 입시 준비의 장소로만 머무르는 한(限) 중·고교생의 자살률이나 비행률은 날로 높아질 수밖에 없을 것이다. 정부 당국에서는 하루빨리 각급 학교를 전인교육의 장소로 만들어야 한다. 지(知)·정(情)·의(意)·덕(德)·

체(體) 등이 조화를 이룬 교육이 되도록 하여야 한다. 그렇게 하려면 앞에서 언급한 바와 같이 장기간에 걸쳐 여러 문제를 하나하나 해결하여야 한다. 그중에서도 각급 학교의 교육 내용과 방법을 개선하되 모든 교과의 주요 학습 목표를 바람직한 철학 정립에 두어야 한다. 그리고 입시 과목의 수를 대폭 줄이되 입시생에게 시험 과목을 선택할 수 있는 재량권을 주어야 한다. 그리고 관공서나 기업체에서는 학력이나 직종에 따라 획일적으로 급료에 차이를 두어서는 안 된다.

교육이 사사로운 영리(榮利)를 위하여 지식이니 기능을 습득시키는 것으로 일관되어서는 안 된다. 과학의 발달로 급변하여 가는 세상을 사람답게 살아갈 수 있는 철학 정립에 일차적인 목적을 두고 교육이 이루어져야 한다. 그리하여 학생들이 아무리 어려운 상황에 처하더라도 꿋꿋하게 인간 본연의 자세를 잃지 않고 각자 나름대로의 이상 실현을 위하여 성실히 살아갈 수 있는 자질을 갖추도록 교육의 혁신이 있어야 한다.

미국에서는 1960년대부터 청소년의 다양한 문제를 해결하기 위하여 가치 교육에 대한 연구를 하여 가치 교육을 중시하여 실시하고 있으나 이렇다 할 성과를 거두지 못하고 있는 실정이다. 그 이유 가운데 하나는 나날이 눈부시게 발전하는 과학 문명을 통제할 수 있는 철학이 정립되지 않아서 대부분의 국민이 물질주의, 황금만능주의를 맹신하기 때문이다.

모든 국민의 바람직한 철학, 가치관의 형성은 학교 교육만으로 가능한 것이 아니라 장기간에 걸친 정치·경제·문화 등의 바람직한 운용과 어른들의 솔선수범이 선행되어야 가능한 것이다.

청소년들의 탈선이나 자살의 요인은 학교 교육보다 비정상적인 가정 교육에서 찾아야 한다. 왜냐하면 모든 사람의 지(知)·정(情)·의(意)의 기본적인 틀과 바탕이 만 6세 이전 유아 시절(幼兒時節)에 형성되기 때문이다. 시대 상황의 변화에 따라 각급 학교 교사들이 학생들에게 정신적으로 좋은 영향을 미치는 힘 즉 감화력이 날로 줄어들어가고 있으므로 철학 교육의 측면에서 볼 때 가정 교육은 더욱 중요한 비중을 차지하게 되었다. 그러함에도 불구하고 날로 독재형과 방임형의 가정이 늘어나는 것은 심각한 문제이다.

독재형의 가정에서는 자녀들의 욕구와 이상은 무시된 채 그들의 인생 영위 목표와 방법을 그들의 부모가 일방적으로 결정한다. 자녀들은 존엄한 독립된 인격체로 대접을 받지 못하고, 한낱 부모의 예속물로 간주된다. 부모들은 그들의 자녀들이 자율적으로 언동할 기회를 박탈하고 부모들의 의지에 따라 자녀들이 언동하기를 강요한다. 우리나라의 대부분의 부모는 자녀에게 유아 시절부터 대학에 입학할 때까지 시종일관 무턱대고 강요하는 것은 오직 '공부'이다. '훌륭한 인격의 완성'에는 매우 소홀하다. 그리고 자녀들이 살아가면서 부딪히는 여러 문제를 슬기롭게 해결할 수 있는 여건을 조성하여 주지 못한다. 그러면서 부모 자신의 기대에 어긋나거나 못 미치는 언동을 하였을 경우에는 심하게 책망하거나 절망에 사로잡힌다. 이로 말미암아 청소년들은 자신의 능력에 한계를 느꼈을 때 다양한 사고(思考)와 부모나 스승, 친구들과의 대화를 통하여 그것을 해결하려 하지 않고 스스로 삶을 포기하게 되는 것이다.

1980년대에 접어들면서 부모의 자녀에 대한 가치관의 변화에 따라 날로 증가 추세를 보이고 있는 가정의 유형은 방임형이다. 독재형의 가정에는 부모의 자식에 대한 사랑이 존재하지만, 방임형의 가정에는 글자 그대로 방임과 무관심이 팽배하여 있다. 방임형 부모들은 자신들의 삶을 어떻게 하면 풍요롭게 영위할 것인지에 대하여 주로 관심을 가질 뿐 자녀의 생활상에 대하여는 무관심하다. 그들은 자녀의 이상(理想)이나 욕구 등에 대하여 별로 신경을 쓰지 않는다. 자녀가 탈선을 하여도 크게 분노하지 않는다. 자녀들은 자신들의 문제를 스스로 해결하여야지 부모에게 의존할 필요가 없다는 것이다. 이렇듯 방임형의 가정은 기계 문명이 낳은 비극적인 산물이다. 독재형의 가정에서는 자녀가 부모에게 소중한 존재로 인식되지만, 방임형의 가정에서는 귀찮은 존재로 인식된다. 이런 가정에서 태어나 자란 청소년은 독재형 가정의 자녀보다 소외 의식이 강하여 탈선하거나 자살하는 비율이 높다.

이상에서 살펴본 바와 같이 독재형의 가정이나 방임형의 가정은 청소년이 바람직하게 성장하는 데 많은 문제를 지니고 있음을 알 수 있다. 그런데 민주형의 가정에서는 부모가 뜨거운 애정과 수평적인 사고로써 자녀들을 독립된 인격체로 대하기 때문에 이런 유형의 가정에서 자란 청소년은 탈선하거나 비행(非行)을 저지르지 않으며, 자살하는 경우가 극히 드물다. 그들이 스스로 해결하기 어려운 문제에 부딪힐 경우에는 거리낌 없이 부모에게 조언을 요청한다. 그리하여 슬기롭게 문제들을 해결하여 간다. 학력이 부진하더라도 쉽게 좌절하지 않는다. 실연을 당하더라도 비관하거나 그릇된 행동을 하지 않는다. 그리고 나쁜 친구들의 유혹에 빠져 불량배가 되지도 않는다.

민주형의 가정에서 자란 청소년은 홀로 해결할 수 없는 문제에 부딪힐 때마다 집으로 달려와서 부모나 형제자매들과 논의하여 그 문제에 대해서 함께 해결하여 주기를 바란다. 그러면 부모나 형제자매들은 대등한 입장에서 자신들의 문제로 생각하여 함께 해결책을 강구한다. 그래서 민주형 가정의 자녀들은 최선의 해결 방법을 마련하여 어려운 문제를 슬기롭게 극복하여 가는 것이다. 따라서 그들은 소외 의식과 열등의식을 별로 가지고 있지 않으므로 탈선하거나 자살하는 비율이 다른 유형의 가정의 자녀들보다 훨씬 낮다.

자녀의 인성은 가정에서 형성된다는 것에 대하여 이론(異論)이 없다. 그러므로 부모들은 민주형의 가정을 이루어 그들의 자녀가 살아가면서 스스로 어려운 문제에 부딪힐 때마다 부모와 상의할 수 있는 여건을 조성하여 주어야 한다. 이 세상에서 자신을 끔찍이 사랑하여 주고, 자신의 문제를 성심껏 함께 해결하여 주려고 애쓰는 사람이 있다고 확신하는 청소년은 쉽사리 탈선이나 비행(非行)의 구렁텅이에 빠지지 않을 것이며, 스스로 목숨을 끊는 일이 없을 것이다.

날로 발달하여 가는 과학 문명의 주체가 되어 어떤 역경도 이기어 내면서 풍요로운 삶을 누릴 수 있는 사람을 양성하는, 한국의 실정에 맞는 교육의 혁신이 어서 빨리 이루어져야 한다. 그러면 교육을 통하여 물질주의를 정신주의로 승화시킬 수 있는 능력을 지닌 청소년은 어떤 역경에 처하더라도 슬기롭게 극복하면서 꿋꿋하고 밝게 살아갈 것이다.

〈1999년 11월 6일〉

효과적인 독서 지도

　언어는 생각하는 도구이다. 이 언어로 말미암아 인간이 만물의 영장이 될 수 있었던 것이다. 어느 나라에서든지 그 나라의 언어 교육을 중시하는 것은 언어로써 올바른 사고를 하고 효과적으로 의사소통을 할 수 있는 능력을 갖춘 국민을 양성하려는 데 제1차 교육의 목표가 있기 때문이다. 우리나라의 국어과 교육 목표도 여기에 있다. 그런데 8·15 광복 이후 최근에 이르기까지 각급 학교에서는 국어 교과를 평가할 적에 이러한 능력을 측정하지 않고 주로 단편적인 지식을 측정하는 데 초점을 두어 왔다. 1992년까지 실시하여 온 '대입 학력 고사'의 국어 문제도 예외는 아니었다. 그러나 1993년 2회에 걸쳐 실시된 '대학 수학 능력 시험'의 '언어 영역' 시험 문제를 분석하여 보면 고도의 사고력과 논리력을 측정하는 데 평가의 주안점을 두고 있음을 알 수 있다. 그리고 1994년 1월에 실시된 서울대·연세대·고려대 등의 본고사 국어 문제 역시 대체로 고차적인 사고력과 논리력을 측정하는 문항들로 구성되어 있다.

　사고력과 논리력의 원동력은 풍부한 지식과 경험이다. 사고력은 생각하는 힘이다. 생각을 잘하는 사람이 되려면 지식과 경험을 풍부히 하여야 한다. 지식과 간접 경험을 풍부히 하는 지름길은 독서에 있다. 어린 자녀를 둔 부모는 자신의 자녀가 훌륭한 사람이 되기를 원한다면 그 자녀가 어려서부터 독서에 흥미를 가지고 독서에 힘쓸 수 있도록 도와주어야 한다. 그렇게 하려면 부모는 다음 몇 가지 사항에 주의하면서 독서 지도를 하여야 한다.

첫째, 부모는 독서를 하는 가정 분위기를 조성하는 데 솔선수범을 하여야 한다. 종종 학부모는 자신들의 자녀가 공부를 하지 않고 텔레비전을 지나치게 보아서 걱정이라고 한다. 이렇게 말하는 부모일수록 독서보다도 텔레비전 방송을 더욱 즐겨 시청하는 경향이 농후하다. 부모가 어린 자녀에게 "공부해라", "책을 좀 읽어라"라고 말하면서 자신들은 텔레비전 방송을 시청하게 되면 그 말이 설득력을 잃게 된다. 자녀들이 즐겨 독서하기를 원한다면 자녀들로 하여금 억지로 책을 읽게 하지 말고 부모가 매일 규칙적으로 독서를 열심히 하여야 한다.

둘째, 1학기 직전부터 부모와 자녀가 함께 자녀의 월별, 학기별, 연별 '독서 계획표'를 작성한다. 읽을 책의 수효는 일주일에 한 권 정도로 한다. 동화와 동시 등과 같은 부드러운 글을 수록한 책과 설명문, 논설문 등과 같은 딱딱한 글로 구성된 책을 골고루 읽을 수 있도록 독서 계획을 세운다. 이때 자녀의 의견을 존중하여 주어야 한다. 국어 교과서에 수록된 제재의 배열 순서를 고려하여 그것과 유사하게 읽을 책을 배열하여 '독서 계획표'를 구성한다. 이렇게 하면 일반 독서가 학교 공부와 밀접한 관련을 맺어 국어 학습 향상에 크게 영향을 끼칠 것이다.

셋째, 자녀로 하여금 자신이 읽을 책을 선택하도록 한다. 부모는 자녀와 함께 서점에 가서 자녀에게 자신이 읽고 싶은 책을 한두 권 골라 사도록 도와준다. 자녀가 선택한 책이 '독서 계획표'에 없고 부모의 마음에 들지 않는 것이더라도 자녀가 읽고 싶어 하고, 도움이 될 만한 것이면 자녀의 뜻대로 사게 한다.

넷째, 일정한 책을 부모와 자녀가 함께 읽고 난 뒤에 독후감을 서로 이야기하여 본다. 선행 경험과 지식이 다르면 일정한 사물에 대한 인식도 다른 법이다. '흥부전'을 읽은 어린 자녀가 부모와 다르게 '흥부'를 부정적 인물로, '놀부'를 긍정적인 인물로 판단하고 이야기하더라도 절대로 자녀를 꾸짖어서는 안 된다. 그런 경우에는 자녀로 하여금 그렇게 판단하게 된 이유를 말하게 한 뒤에 그것이 일리가 있을 때에는 격려하거나 칭찬해 주어야 한다. 그 이유가 타당하지 않을 경우에는 자녀가 다시 생각하여 보도록 하거나, 부모는 그 점을 부드럽게 지적하여 주고 타당한 이유나 근거를 들어 이야기하여 준다. 이렇게 하면 자녀의 사고력과 논리력이 길러진다.

다섯째, 가족끼리 대화를 나눌 적에 부모는 자녀에게 그들이 읽은 책에 있는 말을 인용하여 자신의 주장을 뒷받침하게 한다. 그것이 적절하고 타당하면 부모는 자녀를 칭찬하거나 상품을 준다. 이렇게 하면 자녀가 더욱 흥미를 가지고 책을 정성껏 비판적으로 읽고, 자신이 읽었던 책에서 필요한 내용을 인용하여 글을 쓰거나 말하는 것이 습관화될 것이다.

여섯째, 글의 장르에 따른 독서법을 익혀 그것에 따라 독서를 하게 한다. 동화(童話)와 소설은 줄거리, 주제, 등장인물의 성격 파악, 인상 깊은 구절 이해 등에 유의하면서 읽도록 한다. 시(詩)는 짧은 글을 긴 글로 바꾸어 생각해 봄으로써 그 주제를 파악하게 하고, 큰 소리로 낭송하여 보도록 한다. 설명문은 단락별로 나누어 무엇에 대하여 알기 쉽게 설명하였는지를 파악하는 데 초점을 두어 읽도록 한다. 논설문은 주장하는 바, 논거·증명 방법·논리 전개 파악, 주장의 타당성 여부 판단 등에 유의하면서 읽게 한다. 전기문(傳記文)은 어떤 인물의 생애와 업적을 기록한 글이다. 그 인물의 생애와 업적을 바르게 파악하는 데 중점을 두고 읽도록 한다. 이렇게 다양한 독서를 하면 학교에서 국어 공부를 할 적에 크게 도움이 될 것이다.

사고력과 논리력을 신장시키는 첫 단계는 다양한 독서를 통해 지식과 경험을 풍부히 하는 것이다. 어떤 책을 읽은 뒤에는 반드시 독후감을 쓰고, 다른 사람과 그 책의 내용에 대하여 이야기를 나누어 보아야 한다. 그리고 자신의 주장을 뒷받침하는 데 적절한 내용을 전에 읽은 책에서 발췌하거나 그대로 인용하여 말을 하거나 글을 쓸 수 있어야 한다. 그러면 사고력과 논리력은 점진적으로 향상될 것이다.

〈1994년 2월 15일〉

스스로 생각할 줄 모르는 아이

　우리나라의 부모들 중에는 자신의 자녀가 일류 대학에 들어가 출세하길 간절히 바라는 마음으로 말미암아 세 살밖에 안 된 아이에게 영어를 가르치고, 초등학교 1학년생에게 영어·수학·웅변·태권도·수영·피아노·컴퓨터·글짓기 등의 여러 학원을 다니도록 강요하는 사람들이 있다. 어린 자녀가 자유롭게 생활할 수 있는 시간을 거의 빼앗고도 죄의식을 느끼는 부모를 찾아보기가 어려운 실정이다.

　사고력을 신장하려면 스스로 생각하는 시간이 필요하다. 부모 가운데 자기가 소중한 자녀로 하여금 사고력을 신장시키지 못하게 하는 주범이라는 것을 인식하지 못하는 사람이 많다. 대단히 안타까운 일이다.

　사고력 즉 생각할 수 있는 능력은 문제 해결 능력이다. 사고력이 없는 사람은 식물인간과 같은 존재이다. 성인이 되어서도 사고력이 결여되어 있기 때문에 옳고 그름, 좋고 나쁨 등을 제대로 판단하지 못한다. 사람답게 살려면 제대로 생각할 수 있는 능력을 지녀야 한다. 이 글에서는 원고 청탁자의 요청에 따라 초등학교 저학년 학생들이 생각하는 능력을 신장하는 방법에 대해서 살펴보기로 한다.

초등학교 저학년 학생은 스위스의 심리학자인 피아제(Piaget)가 일찍이 주장한 아동의 사고 발달 단계 중에서 제2 단계인 전조작적 단계와 구체적인 조작 단계에 있는 어린이이다. 전조작적 단계는 만 3세 이후 만 6세까지의 아동이 감각이나 행동을 통해서 얻은 정보를 하나의 개념이나 상징으로 바꾸어서 사고 체계 내에 넣는 표상적 사고 행위를 할 수 있는 단계를 뜻한다. 이 단계의 어린이는 이전 단계 ─ 감각·운동의 단계 ─ 보다 많은 어휘를 구사하고, "비가 온다.", "누가 가장 예쁘니?", "엄마, 빨리 집에 가.", "같이 놀자." 등과 같은 완전하고 다양한 문장을 구사한다. 구체적 조작의 단계는 만 8세부터 만 11세까지의 어린이가 하나의 완성된 인지 체계로 상징체계를 내면화하는 능력을 지닌 단계를 뜻한다. 이 단계의 어린이는 대부분 눈앞에서 벌어지는 사건이나 사물 등에 대해서 많은 생각을 할 수 있다. 그러나 눈으로 볼 수 없는 추상적인 개념이나 사실들의 관계를 이해하지 못한다. 이러한 초등학교 저학년 학생들의 특성을 고려하여 그들이 생각하는 힘을 가지게 하는 데 도움이 되는 것들로 (1) 동화와 만화를 읽고 대화를 하기, (2) 텔레비전 방송 어린이 만화를 시청하고 이야기하기, (3) 언어 놀이, (4) 교통 법규 지키기에 대한 이야기를 하기, (5) 식당에서 다른 사람들에게 피해를 주는 언동을 하지 않기에 대한 이야기를 하기, (6) 그림일기 쓰기, (7) 심부름하기, (8) 가족회의를 하기 등을 들 수 있을 것이다.

어린이가 좋아하는 동화나 만화를 부모와 자녀가 함께 읽고 난 뒤에 주인공의 됨됨이, 등장인물들 가운데 가장 좋은 인물과 그 이유, 등장인물들 중에서 가장 나쁜 인물과 그 이유, 가장 마음에 드는 구절, 자신이 주인공이라면 어떻게 살 것인지 등에 대해서 자유롭게 이야기를 나눈다. 이때 부모가 유의할 점은 자녀가 부모와 달리 생각할 경우 잘못 생각했다고 책망하거나 면박을 주어서는 안 되고 자녀의 생각을 존중하여야 한다. 자녀의 생각이 문제가 있다고 판단될 경우에는 자녀로 하여금 다른 관점에서 다시 생각하여 보도록 인내심을 가지고 친절히 일러 준다. 부모가 자녀와 이야기를 할 적에는 수직적 사고를 하여서는 안 되고, 자녀의 눈높이에 맞추어 수평적 사고를 하여야 한다.

어린 자녀가 즐겨 보는 텔레비전 방송 만화를 함께 시청하고 난 뒤에 줄거리를 이야기하여 보게 하거나, 주인공의 성격에 대해서 이야기를 나눈다. 그리고 주인공을 괴롭히는 인물의 나쁜 점에 대해서 말하여 보게 하거나, 자신이 주인공이라면 괴롭히는 인물을 어떻게 상대할 것인지 등에 대해서 이야기를 나눈다.

언어 놀이 중에서 초등학교 저학년 학생에게 알맞은 놀이는 말 잇기 놀이이다. "도라지 → 지구 → 구원 → 원수 → 수비 → 비옷 → 옷감" 등과 같이 단어의 끝음절로 시작하는 단어를 번갈아 이어 가는 놀이이다. 말 잇기 놀이 외에 식물 이름 대기, 동물 이름 대기, 밭에서 재배하는 곡식 이름 대기 등도 언어 놀이에 속한다. 이러한 놀이는 어휘력과 사고력을 신장하는 데 도움을 준다.

어린 자녀와 함께 물건을 사러 가다가 교통 법규를 지키지 않는 사람이나 차량을 볼 때에 교통 법규를 지켜야 하는 이유에 대해서 이야기를 나누든지, 식당에서 큰 소리로 떠들거나 뛰어다니거나 장난을 하여서는 안 되는 이유에 대해서 이야기를 나눈다.

하루를 보내면서 겪은 일들 가운데 가장 인상 깊었던 것을 그림일기로 작성하게 한다. 부모는 자녀가 스스로 일기를 보여 주지 않으면

보아서는 안 된다. 자녀가 일기를 보여 줄 경우에는 부모는 일기를 본 뒤에 되도록 칭찬하여 준다. 미흡한 점이 있을 경우에는 친절히 조언한다.

어린 자녀에게 가까운 곳에 있는 상점에서 서너 가지 물건을 사 오는 심부름을 시키는 것도 사고력 신장에 도움을 준다. 또한 가족회의를 하는 것도 자녀의 사고력 신장에 도움이 된다. 회의 진행 절차에 따라 회의를 진행하기보다는 정해진 의제의 해결 방안에 대해서 온 가족이 각자의 의견을 자유롭게 말한 뒤에 표결하는 방식으로 진행한다.

자신의 문제를 스스로 해결할 수 있는 성인임에도 불구하고 스스로 해결하려고 노력하지 않고 남에게 의존하려고 하는 것은 그가 어릴 때부터 그의 부모가 모든 문제를 해결하여 주었기 때문이다. 어린 자녀를 둔 부모는 이러한 사실을 분명히 깨닫고 어린 자녀가 스스로 할 수 있는 일은 스스로 하도록 권장하여야 한다. 이와 더불어 부모는 앞에서 소개한 사고력 신장 방법으로 어린 자녀의 사고력을 길러 주는 데 힘써야 한다.

〈2003년 6월 12일〉

독서와 국가의 경제력

　독서란 의미의 재구성이다. 즉 독서는 저자가 자기의 사상과 감정을 문자로 표현한 것을, 독자가 그동안 축적한 자기의 지식과 경험을 바탕으로 파악하는 것이다. 독서의 분량과 깊이는 지식의 정도에 비례한다. 지식과 사고력(思考力)은 비례 관계에 있기 때문에 독서를 많이 하면 지식이 풍부해지고, 지식이 풍부하면 그만큼 사고(思考)도 깊이 있고 다양하게 하는 법이다. 총체적인 지식과 경험이 다른 사람들이 동일한 문학 작품을 감상할 경우 그들이 파악하는 의미는 같지 않다. 지식과 경험이 풍부한 사람이 그렇지 못한 사람보다 더욱 다양한 의미를 파악하게 된다. 이렇듯 풍부한 지식과 경험을 지니고 있는 사람은 지식과 경험이 별로 없는 사람보다 더욱 합리적으로 생각하고, 어떤 문제를 더 슬기롭게 해결할 수 있을 뿐만 아니라 더욱 바람직한 세계관을 지니게 된다.

　우리나라는 국토가 좁고, 인구 밀도가 높으며, 천연자원이 부족한 나라이다. 따라서 부강하고 풍요로운 나라가 되는 길 중의 하나는 우수한 인재의 육성에 있다. 이런 점에서 볼 때 우리나라가 세계에서 교육열이 가장 높은 것은 퍽 다행스러운 현상이다. 그런데 교육열에 비하여 독서열이 미미하다는 데 문제가 있다. 정부 당국에서는 오래 전부터 가을이 되면 독서 주간을 정하여 독후감 발표 대회와 도서 전시회를 개최하고, 최다 장서가를 표창함으로써 국민들로 하여금 책을 읽도록 권장하여 오고 있다. 그런데 해가 거듭될수록 독서 인구가 감소되어 이곳저곳의 서점들이 문을 닫는 실정이다.

치열한 입시 경쟁을 치르고 대학에 입학한 학생들 가운데 상당수가 중학교와 고등학교 시절에 국내외의 저명한 고전이나 현대 작품을 읽어본 적이 없다고 한다. 모든 대상에 대하여 호기심이 많고 예민한 반응을 보이는 시기에 입시 준비에만 매달려 다양한 독서를 하지 않은 탓으로 오늘날 우리나라의 대학생은 지식이 빈곤한 편이다. 이들은 대학 재학 중에도 폭넓은 독서를 하지 않는 편이다. 선진국의 대학생들은 밤을 지새우면서 독서를 하지 않고는 대학을 졸업할 수 없다고 한다. 연암(燕巖) 박지원은 연암집(燕巖集)에서 다음과 같이 말하고 있다.

> 선비가 하루라도 책을 읽지 않으면 얼굴이 곱지 않고 말씨가 곱지 못하다. 어린이가 책을 읽으면 요망한 짓을 하지 않고, 노인이 책을 읽으면 노망한 짓을 하지 않는다(士 一日而不讀書 面不雅 語言不雅幼者讀書 而不爲妖 老者讀書 而不爲老).

독서는 누구든지 매일 하여야 하는 것이다. 독서를 하여야 하는 일정한 사람이 있는 것이 아니고, 독서에 적합한 계절이 따로 있는 것도 아니다. 인생을 더욱 슬기롭고 가치 있게 영위하려면, 누구나 죽는 날까지 끊임없이 하여야 하는 일 가운데 하나가 독서이다. 독서의 습관화는 하루아침에 형성되는 것이 아니므로 각 가정의 부모는 틈틈이 독서하는 모습을 자녀들에게 보여 주어 자녀들로 하여금 독서에 흥미를 갖도록 하여야 한다. 우리나라의 각급 학교에서는 학생들에게 정신적인 양식이 되는 독서를 체계적으로 할 수 있도록 철저히 지도할 필요가 있다. 정부 당국자도 온 국민이 독서를 생활화할 수 있도록 효과적인 정책을 마련하여 지속적으로 실행하여야 한다. 독서를 효과적으로 많이 한 학생이 입신양명(立身揚名)할 수 있는 교육 제도를 만들어 실행하고, 해마다 전국 독후감 발표 대회에서 일등을 한 사람에게 대통령이 직접 포상(褒賞)을 하고, 세계 올림픽 대회에서 금메달을 획득한 선수 이상으로 각종 언론 매체를 통해 널리 알리도록 하며, 각 직장에서도 일정한 독서력을 승진의 한 평가 척도로 삼게 하는 방안도 강구함 직하다.

국민의 독서력은 국가의 경제력과 정비례 관계에 있다. 독서력은 창조의 원동력이 되기 때문이다. 현대는 정보의 시대이다. 나날이 새로운 정보가 세계 곳곳에서 쏟아져 나오고 있다. 이러한 정보들을 이해하지 못하면 시대의 낙오자가 될 수밖에 없다. 우리나라가 경제 대국이 되려면 온 국민이 독서에 심혈을 기울여야 한다. 용돈이 생기면 유익한 책을 사서 보고, 가족 혹은 직장 동료들에게 그 독후감을 들려주고 함께 대화를 나누는 일이 일상적인 것이 되어야 할 것이다. 오늘날 우리나라는 수출 감소로 경제난에 허덕이고 있는데, 이런 때일수록 근검절약(勤儉節約)하면서 세계 경제에 대한 정보를 입수하여 적절히 대처하고, 독서로 지혜의 샘이 되는 지력(知力)을 키우는 데 힘써야 한다. 하루라도 책을 읽지 않으면 입 안에 가시가 돋는다는 말을 명심하고, 양서(良書)를 늘 가까이하는, 현명하고 지혜로운 삶을 영위하여야 우리 자신뿐만 아니라 우리나라의 미래는 더욱 밝게 전개될 것이다.

〈1992년 9월 15일〉

말의 위력

말은 핵폭탄 이상으로 위력을 지니고 있다. 한마디 말이 사람을 행복하게 하기도 하고 불행하게 하기도 한다. 절망에 빠지게 하기도 하고, 희망을 갖게도 한다. 친구를 만들기도 하고, 원수를 만들기도 한다. 분열하게도 하고, 단결하게도 한다.

사람들 중에는 말의 위력을 인식하지 않고 말을 함부로 하여 패가망신(敗家亡身)하는 사람이 있다. 『논어(論語)』의 맨 끝 편인 「요왈편(堯曰篇)」의 마지막 말로 "말을 모르면 사람을 알 수 없다(不知言 無以知人也)."라는 말이 있다. 『논어』를 편찬한 사람이 언어를 가장 중시하였기 때문에 이 말을 『논어』의 맨 끝에 놓았다고 생각한다.

중국 5대 십국 시대 11명의 황제 밑에서 재상을 지낸 풍도(馮道, 882~954)는 「설시(舌詩)」에서 말을 잘못하면 큰 재앙을 맞이하니 언제 어디서든 말을 조심하여야 함을 노래하였다.

입은 재앙의 문이고(口是禍之門)
혀는 몸을 베는 칼이다.(舌是斬身刀)
입을 닫고, 혀를 깊이 간직하면(閉口深藏舌)

가는 곳마다 몸이 편안하리라.(安身處處牢)

『전당서(全唐書)』의 「설시편(舌詩篇)」

오늘날에는 소셜 미디어(Social media)의 발달로 말의 위력이 더욱 거세졌음에도 불구하고 말조심을 하지 않아서 자신이나 남들에게 아픔을 주어 어려움을 겪는 이가 많아 매우 안타깝다.

힘이 있는 말은 다정한 말, 진실한 말, 고운 말, 논리 정연한 말, 칭찬하는 말, 감사하는 말이다.

사람은 다정하고 진실한 말에 감동하고 설득을 당한다. 거짓으로 선동하는 말은 일시적으로 효과가 있을지 모르지만 그런 말을 한 사람은 결국에는 불행해진다.

다른 사람을 격려하고 칭찬하여 그 사람을 행복하게 한 사람은 당사자와 더불어 후손에게도 경사가 있지만, 다른 사람에 대한 악담이나 험담을 하여 그 사람을 불행하게 만든 사람은 당사자뿐만 아니라 후손에게도 재앙이 있는 법이다.

고운 말은 예의 바르고 품위가 있는 말이다. 고운 말에는 온정과 존경과 사랑이 담겨 있다. 고운 말을 하는 사람은 남에게서 사랑과 존경을 받는다. 곱지 않은 비속어나 욕설은 의사소통의 장애물로서 상대방에게 상처를 주고, 분노하게 한다. 곱지 않은 말을 하는 사람은 인성이 결여된 사람으로 남들에게서 멸시와 저주를 받는다.

사람은 논리 정연한 말에 잘 설득된다. 논리 정연한 말은 무엇보다도 논거가 타당하고 언어 규칙에 맞으며 통일성, 응집성, 일관성 등이 있는 말이다.

상대방을 칭찬하고, 격려하며, 상대방에게 감사하는 말은 긍정적인 위력을 지닌다. 상대방을 비방하거나 심하게 질책하는 말은 부정적인 위력을 지녀 상대방에게 상처를 주거나 반감을 갖게 한다. 화가 날 땐 심호흡을 하면서 말을 하지 않아야 한다. 화가 날 때 하는 말은 걷잡을 수 없는 화(禍)를 낳는다.

언제 어디서나 말을 하기 전에 상황, 대상, 목적 등을 깊이 고려하여야 한다. 그리고 다정한 말, 진실한 말, 고운 말, 논리 정연한 말, 칭찬하는 말, 감사하는 말이 습관화되도록 노력하여야 한다. 사람답게 살려면 늘 자신의 언행을 반성하면서 살아야 한다.

〈2019년 12월 27일〉

힐빙 대화법

우리나라는 뉴 미디어와 정보 기술의 발달과 가치관의 급속한 변화로 세대 간, 성별 간, 사회 계층 간 갈등이 날이 갈수록 심화되고 있다. 그리고 청소년들 중에 상당수가 사이버 문화를 즐기는데, 노년들 중에는 청소년에 비해 사이버 문화를 즐기지 못하는 이가 많다. 또한 대가족 제도가 붕괴되고 핵가족 제도로 급변하고, 서구의 문화가 유입되면서 집단주의 문화가 점점 사라지고 개인주의 문화가 빠른 속도로 확산되고 있다. 이러한 여러 요인으로 말미암아 크고 작은 정신병에 시달리는 사람이 급증하고 있다. 최근 어느 보고서에 의거하면 우리 국민의 17%가 우울증을 앓고 있다고 한다.

인간은 매우 연약한 존재이다. 인간 언어에는 신비한 마력이 있다. 사람들 중에는 누군가 무심코 구사한 말 한마디에 쉽게 상처를 받거나, 분개하거나, 슬퍼하거나, 절망하거나, 자살까지 하는 이가 있다. 그러나 말 한마디에 실의에 빠진 사람이 자신감을 갖거나, 희망을 갖거나, 병마를 이기고 건강하게 살아가는 사람도 있다. 이렇듯 말은 공기, 물 이상으로 우리 인간이 살아가는 데 대단히 중요한 구실을 한다. 그리하여 "말 한마디에 천 냥 빚도 갚는다.", "말로 온 공을 갚는다."라는 등의 속담이 있다.

육체적인 병과 정신적인 병에 시달리는 사람들 중에는 유년 시절부터 태어나서 죽을 때까지 무조건 경쟁에 이겨야 한다는 강박감 속에 살아온 이가 많다. 그들 중에서 상당수는 남을 배려하고 양보하고 협동하는 것이 경쟁에서 이기는 것 못지않게 소중한 것이라는 교육을 받지 않았다. 또한 그들은 수단과 방법을 가리지 않고 최고의 승자가 되어야 한다는 환경에서 살아온 사람들이다. 그들은 어려서부터 마음에 온갖 상처를 입고 견디기 어려운 스트레스를 받으면서 살다 보니 온갖 질병에 시달린다. 이러한 사람들을 치유하려면 이들과 어떻게 대화하여야 할까?

건강하게 살려면 무엇보다도 인간관계를 잘 맺으면서 살아야 한다. 대화 참여자 간의 인간관계는 힐빙(heal-being) 대화에서 대단히 중요한 비중을 차지한다. 아무리 탁월한 말하기 능력을 지니고 있다고 하더라도 인간관계가 좋지 않으면 힐빙 효과가 있는 말을 할 수가 없다.

대화 참여자 간의 인간관계가 좋아야 대화가 효과적으로 이루어진다. 듣는 사람이 말하는 사람을 믿고 존경하며 사랑하여야 화자(話者)의 말이 힐빙에 긍정적인 영향을 끼친다. 듣는 이가 말하는 이를 불신하고 싫어하면 그 화자의 말은 힐빙에 아무 도움을 주지 못한다. 그러므로 힐빙 대화를 하기 전에 무엇보다도 먼저 대화 참여자들이 서로 믿고, 존경하며, 사랑하는 인간관계를 맺는 것이 대단히 중요하다.

힐빙의 언어는 긍정적인 마음과 사랑의 샘에서 생성된다. 부모의 말이 힐빙 효과가 있게 하려면 부모가 자녀를 믿고 사랑하며, 자녀도 부모를 믿고 존경하여야 한다. 부모와 자녀 간에 늘 따뜻한 정이 오고 가야 한다. 직장에서도 동료 간, 상사와 부하 간에 신뢰와 사랑의 다리가 놓여 있어야 한다. 그렇지 않은 직장에서는 정신병에 시달리는 직원이 있기 마련이다. 동료들과 잘 어울릴 줄 모르는 사람은 왕따로 낙인찍히어 온갖 괴로움을 당한다. 상사들 중에는 성질이 괴팍하여 부하 직원이 업무를 제대로 보지 못하면 그 부하 직원을 여러 사람 앞에서 망신을 주는 이가 있다. 기안(起案) 서류를 집어 던지거나 심지어 욕설을 퍼붓는 이도 있다. 이러한 상사에게서 모욕을 당한 사람은 엄청난 상처를 받고 그 상사를 무척 증오하고 미워할 것이다. 더 이상 참기 어려울 경우에는 극단적인 언동을 하기도 한다. 그런데 동료 간 상사와 부하 간에 따뜻한 인간관계를 맺고 있을 경우에는 힐빙의 언어가 오고갈 것이다.

학교에서도 학급 친구들과 어울릴 줄 모르는 학생이 왕따가 되는 경우가 많다. 그 학생이 매우 내성적인 사람인 경우에는 특히 부모가 전문가의 도움을 받아 그 자녀를 양육하고, 담임교사에게 그러한 사실을 미리 알려 주어 담임교사가 그 학생에게 사회성을 가지고 교우 관계를 잘 맺도록 지도해 줄 것을 요청한다. 그리고 부모는 일정한 기간에 교사와 면담하여 자녀의 교우 관계와 더불어 학교생활의 상태를 알아 긍정적인 방향으로 바뀌도록 적극적으로 보살펴 주어야 한다. 부모, 학생인 자녀, 교사 등이 신뢰와 사랑의 끈으로 이어져 있으면 학교에서 왕따가 줄어들 것이다.

의사소통에서는 말하는 것보다 듣는 것이 더 중요하다. 힐빙 대화에서는 경청이 무엇보다 중요하다. 어떤 화자든지 듣는 이가 자신의 말을 적극적으로 공감하면서 인내심을 가지고 끈기 있게 들어 주면 그 청자(聽者)와 열린 마음으로 대화를 하게 된다.

초등학교나 중등학교에 다니는 자녀가 학교에서 있었던 사건이나, 자신의 고민 등에 대해서 이야기하면, 부모는 화가 나는 일이 있고 바쁜 일이 있더라도 부모로서 예의를 지키면서 그 자녀의 말을 끝까지 공감적 경청을 하여야 한다. 공감적 경청이란 상대방의 말에 공감하면서 듣는 것이다. 들으면서 질책하거나, 충고하거나, 비난하거나, 판단하지 않고 화자의 말을 존중하는 태도로 경청하는 것이다. 누구든지 상대가 자신의 말을 존중하고 맞장구치면서 들으면 그는 자기가 상대에게서 공감적 이해를 받았다고 느끼고 더욱 열린 마음으로 말을 한다.

한국인들 중에는 참을성이 부족하고 성급해서 끝까지 상대의 말을 끈기 있게 듣지 않는 사람이 많다. 부모도 예외가 아니다. 오늘날의 부모는 맞벌이를 하다 보니 자녀들과 대화를 할 시간이 별로 없는 이가 많다. 그리고 부모는 직장에서 온갖 스트레스를 받고 지친 몸으로 귀가하는 경우에 자녀를 차갑게 대하거나 특별한 이유 없이 자녀를 학대하기도 한다. 이러한 가정에서 생활하는 유아나 청소년은 정신적으로 문제가 많은 사람으로 성장할 가능성이 매우 높다. 그러므로 부모는 어떤 상황에서도 자녀가 하는 말을 공감적 경청을 하여야 한다.

다음의 (1)은 어느 어머니가 중학교 1년생인 아들의 말을 공감적 경청을 한 것이다.

   (1) 아들 　: 엄마, 나 학교 가기 싫어.
      어머니 : 학교에서 무슨 일이 있었니?

아들　：우리 반 애들이 날 괴롭혀.

어머니 : 무척 괴롭겠구나. 엄마도 마음이 아프구나.

아들　：엄마, 괴로워하지 마. 내가 해결할게.

어머니 : 어떻게 해결할 거니?

아들　：우선 걔들 중 가장 힘센 녀석과 일 대 일로 만나 그 아이의 말을 들어 봐야겠어. 왜 나를 괴롭히냐고.

어머니 : 아주 좋은 생각이구나.

아들　：그래도 효과가 없으면 가장 착한 녀석의 말을 들어 봐야 겠어.

어머니 : 좋아. 엄마도 생각해 보마.

이상의 (1)에서 '어머니'는 '아들'의 말을 끝까지 공감적 경청을 하였다. 그러나 대부분의 어머니는 그 아들을 책망하거나, 화를 내면서 학교에 가서 담임교사에게 항의하거나, '아들'을 괴롭히는 학생들을 혼내 주겠다고 말할 텐데, 이상의 (1)의 '어머니'는 북받치는 감정을 억제하고 아들의 처지를 이해하면서 끝까지 공감적 경청을 하고 있다. 이와 같이 부모가 자녀의 말을 공감적 경청을 하여야 그 자녀가 온갖 고민을 혼자 해결하려 하지 않고 부모와 의논하려고 한다.

어느 지방의 '생명의 전화'에서 근무하는 자살 예방 상담원은 자기에게 5년 동안 매일 전화를 하여 절망에 빠져 죽고 싶다면서 1시간 이상 횡설수설하는 사람의 전화를 공감적 경청을 하면서 끈기 있게 들어 주었더니 그가 자살하려던 마음을 접고 이제는 건강하게 잘 살고 있다고 한다. 이것은 공감적 경청의 효능을 입증하는 좋은 사례이다.

상대의 말을 정성껏 잘 들으면 상대의 스키마(schema)를 이해할 뿐만 아니라 상대가 아파하는 것이 무엇인지, 상대가 원하는 것이 무엇인지를 알 수 있다. 상대의 스키마와 심리 상태를 이해하고 대화하여야 상대의 상처를 아물게 하는 데 매우 유효하다. 환자의 말을 공감적 경청을 하는 것은 위로를 하거나 조언을 하는 것보다 힐빙에 더욱 효과가 있다.

"침묵은 금이요 웅변은 은이다."라는 격언이 있듯이 때로는 침묵이 힐빙에 도움이 되는 경우가 있다. 말을 해서는 안 되는 상황에서는 말을 하지 않는 것이 말을 하는 것보다 치료에 도움을 더 준다.

상대가 몸이 불편하거나 화가 나 있어서 다른 사람의 말을 듣고 싶어 하지 않을 때에는 말을 하지 않는 것이 좋다. 상대가 듣고 싶은 마음이 없을 때 말을 하는 것은 상대를 고문하는 것과 같다.

말하는 사람의 입장에서 볼 때 듣는 사람에게 도움이 되는, 좋은 이야기라고 판단되어 상대에게 들려주고 싶어도 말을 하기 전에 반드시 상대의 육체적, 정신적 상태를 살펴본 뒤에 상대가 기꺼이 청취하고 싶어 할 때 이야기를 하여야 한다.

말하는 이가 무척 화가 날 경우에는 감정이 평온해질 때까지 아무 말도 하지 않는 것이 좋다. 화가 날 때 말을 하면 상대에게 상처를 주는 말을 할 가능성이 높다. 어떤 사람은 아내와 언쟁을 하다가 분노가 치밀어 오르면 슬그머니 외출을 하여 분노가 사라질 때까지 아파트 단지를 산책하다가 자기 아내가 좋아하는 음식을 사 가지고 집에 들어가서 태연한 표정으로 아내에게 그것을 준다고 한다. 이렇게 하여 30여 년 동안 결혼 생활을 하면서 아내에게 아픈 말을 한 적이 없다고 한다.

표정, 눈 맞춤, 손짓, 발짓 등으로 어떤 의미를 나타내는 것을 신체 언어(body langauage)라고 한다. 이것을 비언어(nonverbal language)라고 일컫기도 한다. 어조, 음색, 고저, 장단, 강약 등을 달리함으로써 어떤 의미를 나태는 것을 준언어(paralanguge) 혹은 반언어(semi-language) 혹은 의사언어(quasi-language)라고 한다. 신체언어와 준언어는 음성언어 못지않게 힐빙 대화에 중요한 기능을 한다.

밝은 표정과 밝은 음성으로 상대와 이야기하여야 힐빙에 도움을 준다. 밝은 표정과 밝은 음성은 상대를 즐겁게 한다. 이와 반대로 어두운 표정과 어두운 음성으로 말을 하면 상대가 침울해 하고 불쾌해 한다. 아름답고 향기로운 꽃다발을 받는 사람은 누구든지 즐거워한다. 아름답고 향기로운 꽃다발을 줄 때의 환한 표정, 다정한 목소리로 상대와 대화를 나누면 힐빙에 긍정적인 영향을 끼친다.

차별 언어는 청자에게 모멸감을 주어 상처를 입히는 언어이다. 절대로 차별 언어를 구사해선 안 된다. 차별 언어에는 성(性) 차별 언어, 사회 계층 차별 언어, 연령 차별 언어, 종교 차별 언어, 인종 차별 언어 등이 있다.

성 차별 언어는 남성이나 여성을 차별하는 언어이다. 성 차별 언어의 예를 들면 다음의 (2)와 같다.

> (2) ㄱ. "남자가 화장을 받니?"
> ㄴ. "남자가 왜 그리 말이 많아?"
> ㄷ. "남자가 그렇게 힘이 없니?"
> ㄹ. "여자가 담배를 피우니?"
> ㅁ. "여자가 욕을 하니?"
> ㅂ. "여자가 난폭 운전을 하니?"

이상의 (2ㄱ) (2ㄴ) (2ㄷ) 등은 남성 차별 언어이고, (2ㄹ) (2ㅁ) (2ㅂ) 등은 여성 차별 언어이다. 남성 차별 언어를 남성에게 사용하면 상처를 받고 화를 낸다. 여성 차별 언어를 여성에게 사용하면 그 여성도 화를 내거나 상처를 받는다. 따라서 어떤 경우든지 상대에게 성 차별 언어를 사용하면 안 된다.

　사회 계층 차별 언어는 상류 계층이나 중류 계층이나 하류 계층을 차별하는 언어이다. 학력이나 직업을 가지고 사회 계층을 차별하는 경우가 많다.

　(3) ㄱ. 대학생이라고 너무 잘난 척하지 마.
　　　ㄴ. 그는 장사꾼이라 얼마나 짠지 몰라.

　(3ㄱ)은 대학생인 상대를 차별한 말이고, (3ㄴ)은 장사하는 사람을 비난한 말이다. 말하는 사람은 듣는 사람과 관련되는 사회 계층 차별 언어를 사용해선 안 된다.

　연령 차별 언어는 일정한 세대를 차별하는 언어이다. 10대가 40~50 대를 폄훼하는 언어나 60대 이상이 10~20대를 비방하는 언어가 그 보기에 속한다.

　(4) ㄱ. 노인들은 너무나 고지식해.
　　　ㄴ. 요사이 10대는 무례하기 그지없어.

　이상의 (4ㄱ)은 청소년이 노인을 차별한 발언이고, (4ㄴ)은 장년이나 노년이 청소년을 차별한 말이다. 한국인들 중에는 연령에 대한 편견을 가진 이가 많다. 이러한 연령 차별 언어를 사용하면 힐빙에 역기능을 한다.

　종교 차별 언어는 일정한 종교를 차별하는 언어이다. 즉 일정한 종교를 비난하는 언어이다. 신도 중에서 자기가 믿는 종교를 차별하는 말을 평온한 마음으로 듣는 이가 거의 없다. 말하는 사람은 사전에 상대가 어느 종교를 믿는지 모를 경우에는 어느 종교도 비난해선 안 된다.

인종 차별 언어는 일정한 인종을 폄훼하는 언어이다. 오늘날 한국은 다인종국가이다. 일정한 인종에 대한 편견을 가져서는 안 된다. 어느 인종을 비난하거나 비방하는 언어를 구사해선 안 된다.

차별 언어를 구사하는 사람은 일정한 성, 사회 계층, 연령, 종교, 인종 등에 대해서 편견을 가지고 있다. 차별 언어를 구사하지 않으려면 그러한 편견을 버리고, 모든 대상을 긍정적인 마음을 가지고 상대하여야 한다.

상대에 따라 말하는 방식을 달리하여야 한다. 남성과 여성은 상대성(gender)의 특성을 잘 이해하고 대화를 하여야 한다.

남성은 서열적 경쟁 관계를 추구하는데, 여성은 대등적 협력 관계를 추구한다. 대부분의 남성은 상대를 제압하고 싶어 하는데, 대부분의 여성은 상대와 친밀하게 지내고 싶어 한다. 남성은 상대가 자신의 의견에 동의하고 자신에게 순종하기를 원한다. 그렇지 않을 경우에는 불쾌해 하고 상대를 승복시키려고 한다. 그러나 여성은 상대의 의견을 존중하면서 친밀한 관계를 유지하고자 힘쓴다.

남성은 여성이 자신을 신뢰해 주기를 바라고, 여성은 남성이 자기에게 관심을 가져 주기를 바란다. 남성은 여성이 자신의 언동을 믿어 주는 것을 좋아하는데, 여성은 남성이 자신에게 마음을 써 주길 원한다.

남성은 '감정'보다 '사실'에 비중을 많이 두는데, 여성은 '사실'보다

'감정'에 비중을 많이 둔다. 그리하여 남성은 뉴스나 스포츠를 좋아하는데, 여성은 드라마나 쇼를 좋아한다.

남성은 고민을 혼자 해결하려고 하는데, 여성은 가까운 사람과 함께 고민을 해결하려고 한다.

남성은 직접적 표현에 익숙한데, 여성은 간접적 표현에 익숙하다. 부부가 제주도 여행을 가자고 말할 경우 대부분의 남편은 "여보, 제주도에 여행을 다녀옵시다."라고 직접적으로 자신의 의사를 표현하는데, 대부분의 아내는 "여보, 우리는 제주도에 여행을 다녀온 지도 참오래되었어요."라고 간접적으로 표현한다.

남성과 여성이 대화할 적에는 자기중심적으로 이야기하지 말고 이상의 차이점을 이해하고 상대를 배려하여 대화를 하여야 의사소통이 잘 되어 힐빙 효과가 있다.

청소년과 노년은 다음과 같은 차이가 있다.

㉠ 청소년 중에는 진보적인 사람이 많은데, 노년 중에는 보수적인 사람이 많다.
㉡ 청소년 중에는 수평적인 사고를 하는 사람이 많은데, 노년 중에는 수직적인 사고를 하는 사람이 많다.
㉢ 청소년 중에는 현재와 미래의 일에 관심을 가진 사람이 많은데, 노년 중에는 과거의 일에 관심을 가진 사람이 많다.
㉣ 청소년 중에는 사이버 문화를 즐기고 누리소통망(SNS)으로 낯선 사람들과 의사소통을 잘하는 사람이 많은데, 노년 중에는 사이버 문화를 즐기지 않고, 누리소통망으로 낯선 사람들과 의사소통을 잘하지 못하는 사람이 많다.

이와 같이 연령에 따라 사고방식, 선호하는 문화와 의사소통 방식

등이 다르다. 사전에 상대의 사고방식, 선호하는 문화와 의사소통 방식 등을 이해하고 그것들에 맞추어 대화를 하여야 상대의 힐빙에 도움을 준다.

상대의 남보다 나은 점, 좋은 점 등을 남과 비교하여 말하면 힐빙에 도움을 주지만, 상대의 남보다 못한 점을 남과 비교하여 말하면 상대에게 마음에 상처를 준다. "당신은 어느 누구보다도 멋져요.", "당신 동창인 철수 아빠보다 훨씬 젊어 보여요." 등은 힐빙에 긍정적인 효과를 가져온다. 그러나 "당신이 가장 초라해 보여요.", "우리 가족 중에서 당신이 가장 신경질을 많이 부려요." 등은 힐빙에 부정적인 영향을 끼친다.

상대를 가급적 남과 비교하여 말하지 않는 것이 바람직한데 굳이 남과 비교하여 말할 경우에는 상대의 남보다 나은 것, 좋은 것 등에 대해서 이야기하여야 한다.

가까운 사람일수록 상대를 존중하여 말을 가려서 다정하고 예의 바르게 해야 한다.

사람들 중에는 가까운 사람 특히 가족에게는 함부로 말하고, 먼 사람에게는 예의를 깍듯이 차리면서 말하는 이가 많다. 가족은 가장 소중한 존재이다. 가족끼리 대화할 때에는 가장 다정하고, 가장 예의 바르게 말하여야 한다. 이러한 가정에서 생활하는 사람들은 정신적으로 아주 건강하다.

부모도 자녀에게 예의를 지켜 언동을 하여야 하고, 자녀도 부모에게 예의를 지켜 언동을 하여야 한다. 부모가 자녀에게 무례하게 언동을 하면 자녀가 상처를 받고, 자녀가 부모에게 무례하게 언동하면 부모가 상처를 받는다.

특히 자녀는 연로한 부모와 대화할 때에는 예의 바르고 부드러운 목소리로 말하며, 가급적 부모의 말을 정중히 경청하여야 한다.

공자는 다음의 (7)과 같이 부모에게는 부드럽고 공손하게 건의하라고 말하였다.

> (7) 부모를 섬기되 잘못이 있거든 부드럽게 간하라. 따르지 않으실 생각이 보여도 더욱 공손히 하여 뜻에 거스르지 말 것이요, 수고로워도 원망하지 말 것이다(子日 事父母幾諫 見志不從 又敬不違 勞而不怨). [論語 里仁篇 18.]

오늘날 부모는 대부분 자녀에게 어려서부터 예절을 가르치지 않고 무례하게 언동하여도 방관하는 경향이 농후하다. 그리하여 그 자녀가 성인이 되어 자신의 부모에게 무례하게 언동하거나 심지어 부모를 학대하는 자녀가 날로 증가하고 있다.

부모가 자녀를 비난하거나 악평을 하거나 다른 형제와 비교하여 부족한 점을 말하면 그 자녀는 상처를 받을 뿐만 아니라 부모를 원망한다. 자녀도 독립된 인격체이다. 부모는 자녀를 대할 때 언제나 자녀의 인격을 존중하고 예의 바르게 대하여야 한다.

어린 시절에 가족에게 받은 상처는 쉽게 아물지 않는다. 가족의 구성원은 평등하여야 한다. 부모라 하여 자녀들을 억압하고 통제하여서는 안 된다. 예를 들면 가족이 여행을 갈 경우 사전에 가족회의를 열어 여행 기간, 여행 장소 등에 대해 합의를 하여야 한다. 부모가 일방적으로 정해선 안 된다. 가족 구성원들이 의견을 충분히 개진한 뒤에 가급적 많은 사람이 원하는 것으로 결정하여야 한다. 아무리 어린 자녀의 의견이더라도 부모의 의견과 같은 무게로 존중하여야 한다. 비속어를 섞어서 반박과 질책을 하거나 자녀의 의견을 무시해서는 안 된다. 부모는 자녀의 눈높이에 맞추어 의견을 경청하고 이해하기 위해 힘써야 한다. 자녀의 발언을 막거나 자녀의 의견을 무시하면 자녀가 상처를 받는다.

가족 간에는 늘 상대를 존중하고 사랑하면서 서로에게 필요한 것들을 충족시켜 주는 열린 커뮤니케이션을 하여야 한다.

요컨대 힐빙 대화는 상대의 처지를 이해하고 배려하면서 시종일관 상대의 고통을 치유하기 위해서 주고받는 대화이다.

〈2013년 9월 20일〉

언어 예절

언어 예절은 의사소통의 윤활유이다. 의사소통이란 표현자(화자나 저자)가 일정한 상황에서 일정한 목적을 위하여 언어로써 수용자(청자나 독자)에게 자기의 사상과 감정을 표현하여 전달하면, 수용자가 그것을 이해하고 평가하고 반응하여 상호 기대한 바의 목적을 달성하는 것이다.

의사소통을 잘하려면 표현자와 수용자가 서로 상대방의 사상과 감정을 정확히 이해하고, 존중하여야 한다. 의사소통이 잘 되면 사회 구성원이 협동을 잘하고 화합한다. 또한 정신과 육체의 건강에 도움이 된다. 치매와 심혈관 질환을 예방하고, 스트레스를 해소한다.

언어 예절이란 의사소통에 참여하는 사람들이 언어를 구사할 때 지켜야 할 예절이다. 공자는 예(禮)에 벗어나는 것은 듣지 말고, 예에 벗어난 것은 말하지 말라고 하였다. 언어 예절을 지키지 않으면 의사소통을 효과적으로 할 수 없고, 인간관계도 잘 맺을 수 없다.

언어는 언어 사용자의 의식, 인품, 가치관 등을 반영한다. 일정한 언어 사회의 언어는 그 사회상(社會相)을 보여 준다. 21세기에 접어들면서 우리나라는 사회 구조의 급격한 변화와 함께 국민의 의식도 많이 변화하고 있다. 이에 따라 언어 예절도 다양하게 변하고 있다. 연령과 성별의 차이를 인식하고, 의사소통을 하여야 한다. 노인들 중에는 수직적 사고를 하는 사람이 많은데, 청소년 중에는 수평적 사고를 하는 사람이 많다. 대화할 때 여성은 유대 관계를 중시하는데, 남성은 지배 관계를 중시한다. 그리하여 대화에서 남성은 협조적 전략보다 경쟁적 전략을 더 많이 사용하는데, 여성은 협조적 전략을 더 사용한다.

사람에 따라 언어 예절에 대한 인식이 다르다. 오늘날 우리나라에는 집단주의 문화에 바탕을 둔 전통적인 언어 예절과, 개인주의 문화에 바탕을 둔 언어 예절이 공존하고 있다. 어떤 사람은 전자를 선호하는데, 어떤 이는 후자를 더 선호한다.

공적인 상황에서 금기어와 비속어를 사용하지 않는 것이 전통적인 언어 예절인데, 오늘날 사람들 중에는 금기어와 비속어를 사용하여도 예절에 어긋나는 것으로 인식하지 않는 사람이 있다. 어떤 이는 자기 자신을 내세우지 않고 겸손하게 말하는 것을 좋게 인식하는데, 어떤 이는 겸손을 부정적으로 인식하고 자신의 생각과 느낌을 거리낌 없이 표현한다. 어떤 이는 상대방의 연령, 혼인 여부, 고향, 출신 학교 등을 물어도 예절에 어긋나지 않는 것으로 인식하는데, 어떤 이는 그러한 것을 예절에 어긋나는 것으로 인식한다. 어떤 이는 웃어른의 말을 반박하는 것을 예절에 어긋나는 것으로 간주하는데, 어떤 이는 그렇게 간주하지 않는 경향이 있다. 그리고 어떤 이는 웃어른에게 말할 때 가까이서 낮은 목소리로 천천히 말하여야 언어 예절에 맞는 것으로 판단하는데, 어떤 이는 그러한 것에 연연하지 않고 웃어른에게 큰 목소리로 빨리 말하여도 언어 예절에 어긋나는 것으로 판단하지 않는다.

예절에 맞게 언어를 구사하려면 고운 말을 사용하고, 적절한 경어법·호칭어·지칭어 등을 사용하여야 한다. 고운 말이란 예절 바르고 품위가 있는 말이다. 비속어와 욕설은 의사소통의 장애물이다. 이것들은 몸과 마음을 병들게 하고, 황폐화시킨다. 낯선 사람과 대화를 할 때는 가급적 상대방을 높여 말한다. 오늘날 노인이 낯선 어린이에게 반말로 말하면 어린이가 불쾌해 하는 경향이 농후하다.

호칭어는 남을 부르는 말이다. 상황과 대상을 고려하지 않고 호칭어를 사용하면 언어 예절에 어긋난다. 시부모 옆에서 며느리가 자기 남편을 부를 때 '오빠' 혹은 '자기야'를 호칭어로 사용하는 사람이 있는데, 정부에서는 '여보', '○○ [자녀명] 아빠', '○○[남편 이름] 씨', '영감' 등의 호칭어를 사용하도록 권장하고 있다.

지칭어는 남을 가리키는 말이다. 부모에게 아내를 지칭할 때는 '어멈', '어미', '집사람', '안사람', '○○[자녀 이름] 엄마' 등을 사용하도록 권하고 있다.

오늘날 20~30대가 사용하는 호칭어와 지칭어 중에는 정부가 권장하는 것과 다른 것들이 많다. 정부에서는 젊은 세대가 사용하는 호칭어와 지칭어도 폭넓게 수용하여 사용하도록 하는 언어 정책을 시행할 필요가 있다.

남과 의사소통을 할 때 언어 예절을 반드시 지켜야 한다. 언어 예절을 지키면, 의사소통이 잘 되고, 인간관계도 잘 맺게 되어 행복하게 살 수 있다.

〈2019년 12월 29일〉

제 6 절

한국어 사랑의 길

한국어가 '중병'을 앓고 있다
한국어를 왜 사랑하여야 하는가
미래 사회의 언어생활
바람직한 어문 정책

한국어가 '중병'을 앓고 있다

언어는 사회의 모습, 사회 구성원의 심리 상태와 철학 등을 반영한다. 오늘날 한국어의 실태를 살펴보면, 우리 사회가 매우 삭막하며 거칠고 비정한 마음을 지니고 사는 사람이 많음을 엿볼 수 있다. 한국어는 프랑스어에 전혀 뒤지는 점이 없는 아름다운 언어이다. 그런데 끊임없이 더욱 곱고 깨끗하게 갈고 다듬으며 사랑하여야 할 우리 국민은 한국어를 방임하거나 학대하는 경향이 농후하다. 한국어는 날이 갈수록 보기가 흉하게 오염되어 가고 있는 실정이다. 한국어는 중병에 걸려 있다. 발음, 단어 사용, 문장 사용, 신체 언어와 사물 언어 사용 등 어느 하나 문제가 없는 것이 없다.

발음상의 문제 중에 매우 심각한 것이 예사소리인 어두 자음(語頭子音)을 된소리로 발음하거나, 모음을 정확히 발음하지 않거나, 외래어를 원어와 같이 발음하거나, 낮고 부드럽게 말하여야 할 것을 높고 거칠게 말하거나, 대상을 고려하지 않고 빠른 속도로 말하거나, 장음과 단음을 정확히 구별하여 발음하지 않는 것이다.

"아침부터 힘이 달리세요?"라고 말하여야 할 것을 "아침부터 힘이 딸리세요?"라고 말하면 안 된다. '달리다'의 뜻은 '힘이 부치다'인데,

'딸리다'는 '어떤 것에 매이거나 붙다'라는 의미를 나타내는 것이기 때문에 듣는 이는 그 말을 달리 해석하게 된다. "개가 내 손가락을 물었다."를 "게가 내 손가락을 물었다."로 말하면 손가락을 문 주체가 달라진다. '완성'을 [안성]으로 발음하거나, '승격'을 [성격]으로 발음하여도 안 된다. 노인에게 말할 적에는 젊은이에게 말할 때보다 천천히 말하여야 한다. 빨리 말하면 대부분의 노인은 메시지의 의미를 파악하지 못한다. 외래어도 국어의 일부분이므로 국어의 음운 특성을 살려 발음하여야 하는데 원어를 발음하듯이 하면 상대방이 이질감이나 불쾌감을 느낀다. 가수나 개그맨 중에서 그렇게 발음하여 인기를 얻거나 얻으려는 이가 있는데 이것은 한국어를 오염시키는 행위이므로 삼가야 한다.

부끄럽게도 우리나라의 지식인들 중에는 "Yes, sir.", "나는 freedom과 truth 중 freedom을 choice하고자 합니다."라는 말과 같이 고유어나 한자어가 있음에도 불구하고 한국어에 외국어를 함부로 섞어 쓰는 이가 많다. 이러한 사람은 언어를 자기를 과시하는 수단으로 잘못 인식하고 있는 것이다. 그는 듣는 이를 염두에 두고 언어생활을 하지 않는 사람이라고 말하여도 과언이 아니다.

비전문가를 대상으로 말할 때 전문 용어를 어쩔 수 없이 사용할 경우에는 반드시 그 용어를 설명해 주어야 한다. 또한 공식적인 상황에서는 공통어이고 공용어인 표준어와 품위 있는 말을 반드시 구사하여야 하는데, 비표준어와 비속어를 거리낌 없이 사용하는 이가 있다. 공적인 생활을 하려면 표준어를 구사할 수 있어야 한다. 표준어 훈련을 받으면 누구나 표준어를 구사할 수 있으므로 공인이 되고자 하는 사람은 표준어를 자연스럽게 구사할 수 있는 능력을 지니기 위해 힘써야 한다. 만 6세 이전에 습득한 욕설과 비속어는 죽을 때까지 잊히지 않는다. 그러므로 어린 자녀를 양육하는 부모는 어린이 앞에서 저속하지 않은 말을 사용할 의무가 있다. 이 세상에 태어나 순화된 말—바르고 고운 말—을 들으면서 자란 어린이가 어른이 되는 날에는 한국어가 더욱 아름다운 언어가 될 것이다.

그동안 각급 학교에서 한국어 교육을 부실하게 하여 온 탓으로 한국어 문법에 어긋나는 문장이나 번역투 문장을 신문 기사문이나 방송인의 말에서 흔히 찾아볼 수 있다.

"이 책은 홍길동에 의하여 쓰여졌다."라는 말은 "이 책은 홍길동이 썼다."나 "홍길동이 이 책을 썼다."로, "특수 목적고 신설이 억제될 전망입니다."라는 문장은 "특수 목적고 신설을 억제할 것으로 보입니다."로, "내일은 폭우가 예상됩니다."라는 말은 "내일 폭우가 내릴 것으로 예상합니다."로, "진심으로 축하를 드립니다."라는 말은 "진심으로 축하합니다."로 바꾸어 써야 자유스러운 문장이 된다. 또한 큰 모임에서 사회자가 "○○ 회장님께서 말씀이 계시겠습니다."라는 말을 이따금씩 듣게 되는데 이것도 한국어 경어법에 어긋난 말이다. 이 말은 "○○ 회장님이 말씀하시겠습니다."로 바꾸어 써야 한다.

저명한 미래학자들은 미래 사회에 민족주의가 더욱 깊게 뿌리내릴 것으로 예측하고 있다. 이 지구상에 우리 민족이 영원히 존재하려면 주체성이 있는 언어생활을 하여야 한다. 우리 온 국민, 특히 지식인, 기업인, 정치인, 언론인 등은 각자의 언어관·언어 실태·언어 습관 등을 되돌아보고 언어 사용상의 문제점을 찾아 개선하기 위해 끊임없이 노력하여야 한다.

'바르고 고운 말'을 쓰는 사람은 '바르고 고운 심성'을 지닌 사람이

라는 사실을 명심하고, 우리는 더욱 바르고 고운 한국어를 쓰기 위해
노력하여야 할 것이다.

〈1996년 10월 14일〉

한국어를 왜 사랑하여야 하는가

언어는 인간의 의사소통의 주요한 도구가 되는 동시에 사회, 정신, 문화생활 등을 반영한다. 따라서 어느 국민이나 민족의 정신 상태나 사회의 실태, 혹은 문화 수준을 알아보는 방법 가운데 하나는 그 국민이나 민족이 사용하는 언어의 실태를 고찰하는 것이다. 이런 측면에서 오늘날 우리 국민의 언어생활을 살펴보면 우려되는 바가 많다.

우리나라의 상호나 상품명은 한국어로 된 것보다 외국어로 된 것이 많은 비중을 차지한다. 그리고 지식 계층에 속하는 사람일수록 외국인을 만나서 이야기를 할 경우에 덮어놓고 한국어가 아닌 외국어로 의사소통을 하려 하거나, 한국어 문법에 맞으며 누구나 이해하기 쉽고 듣기에 좋은 한국어를 사용하려고 힘쓰기보다 한국어 문법이나 듣는 이를 무시한 채 한국어에 외국어를 섞어 비문법적인 문장으로 말하는 사람이 많다. 대부분의 학부모도 그들의 자녀가 영어에 능통하길 간절히 바라지만, 한국어 능력의 신장에는 별로 관심을 기울이지 않는다. 이 점에 있어서 각급 학교 학생들 역시 마찬가지이다.

오늘날 우리나라의 많은 사람은 한국어보다 외국어 특히 선진국의 언어에 관심을 더 가지고 있다. 이처럼 한국어보다 선진국의 언어를 더욱 사랑하고 즐겨 쓰는 까닭은 우리나라의 문화보다 다른 나라의 문화를 더 좋아하고 남에게 자신의 유식함을 드러내고 싶은 욕구 때문이다. 그리고 그런 욕구로 말미암아 상대방의 이해 여부에 상관하지 않고 한국어에 외국어를 섞어 쓰는 사람들을 용인하고 심지어 그들을 우러러보는 국민의 의식 때문이다. 또한 선진국의 언어에 능통하면 출세할 수 있는 우리나라의 사회 제도 때문일 것이다. 그리고 우리나라 사람이면 누구나 우리말인 한국어를 사랑하여야 하는 이유와 그 방법에 대하여 분명히 인식하지 못하고 있기 때문이다.

이러한 여러 요인을 없애려면 무엇보다도 우리나라의 문화·정치·교육 등의 수준을 선진국의 그것들보다 앞서도록 하여야 하며, 온 국민이 한국어를 사랑하여야 하는 이유와 그 방법에 대하여 체계적으로 분명히 이해하여야 한다. 그러면 국민 모두가 스스로 사대주의적이고, 현학적인 의식을 버리게 되고, 주체적인 언어생활을 하게 될 것이다.

II

언어는 민족을 구성하는 요소 중에서 가장 핵심이 되는 것이다. 민족과 민족어는 떼려야 뗄 수 없는 관계를 맺고 있기 때문에 양자 중에서 하나가 소멸하면 그 나머지도 소멸하게 되어 있다. 독일의 철학자이며 언어학자인 훔볼트(Humboldt)도 일찍이 다음과 같이 말한 바가 있다.

어떤 민족의 정신적 특징과 언어 형성은 상호 밀접하게 융합되어 있기 때문에 그 둘 중에서 하나가 주어지면 다른 것은 그것으로부터 파생될 것이다. …… 언어는 민족정신이며, 민족정신은 민족의 언어이다. 우리는 양자를 동일한 것으로 생각하여야 한다.

이렇듯 훔볼트는 민족어를 민족의 총체적인 정신생활과 관련지어 고찰하고 있다. 또한 독일의 철학자이며 언어학자인 바이스게르버(Weisgerber)도 훔볼트의 영향을 받아서 민족어를 민족정신을 형성하는 원동력으로 보고 있다. 그리고 미국의 인류학자인 사피어(Sapir)도 언어가 관념, 감정, 욕망 등을 전달하는 도구임을 인정하면서 가장 세련된 사고가 무의식적인 언어의 기호 표시의 의식적인 짝에 지나지 않음을 이해하기란 쉬운 일이라고 했다. 그의 제자인 워프(Worf)도 언어의 체계는 단순히 음성적 사고(思考)를 재현하는 도구가 아니라 오히려 그 자체가 사고를 형성하는 것이며, 각 개인의 정신적인 행동에 대한 프로그램과 지침이 된다고 하였다.

언어와 정신, 민족어와 민족정신, 국어와 국민정신은 서로 불가분의 관계를 맺고 있음을 알 수 있다. 그래서 우리나라를 비롯한 프랑스, 튀르키예, 독일, 영국 등지에서 주체성의 확립과 국민 정서의 함양을 위하여 국어 순화 운동을 범국민 운동으로 전개하고 있다. 그중에서 가장 대표적인 나라는 프랑스이다. 이 나라의 언어 순화 운동은 국왕 프랑쇠스 1세가 국어 순화 운동에 관한 법령을 제정하고 공포하여 라틴어를 추방하고 비표준어를 쓰지 못하도록 하는 데서 비롯되었다. 그리고 1965년 프랑스 정부는 수상의 직속 기관으로 '프랑스어 순화 및 전파 위원회'를 설립하였다. 또한 1972년에는 정부 각 부처별로 국어 순화 위원회를 구성하였으며, 1976년 1월에는 국어 순화 운동을 법령으로 공포하여 프랑스어 순화에 적극적으로 나서고 있다. 그리고 프랑스 정부에서는 프랑스어의 세계적인 전파 보급을 위해 수

만 명에 이르는 프랑스어 교수와 강사를 외국에 파견하고 있다. 또한 전 세계에 일천 삼백여 개소의 프랑스어 교습소를 설치하여 프랑스어의 보급에 힘쓰고 있다. 18세기 프랑스의 어느 작가가 "정확하고 사교적이며 합리적인 프랑스어는 프랑스인의 것만이 아니라 인류의 언어이다."라고 말한 바가 있듯이 프랑스 사람들은 그들의 언어에 대한 애정과 자부심이 대단하다.

1928년 튀르키예의 문자 혁명을 일으킨 케말 파샤(Kemal Paşa)는 문자 개혁과 언어 순화로 민족의 동질성을 확립함으로써 국가와 민족을 보위하고 발전시킬 수 있으며, 지식인과 비지식인들 사이의 격차를 해소하여야 사회가 밝아지고 상하의 의사 전달이 잘 되어 정치·경제·문화·군사·사회 등의 발전을 기할 수 있다고 하였다. 그는 튀르키예의 방방곡곡을 다니면서 문자 혁명과 국어 순화의 필요성에 대하여 역설하였다. 그 당시 튀르키예는 전 국민의 80%가 문맹이었다. 튀르키예의 국민이 쓰는 언어는 60%가 아라비아어, 20%가 페르시아어, 10%가 프랑스어, 그 나머지 10%가 튀르키예의 토박이말이었다. 그런데 1928년에 실시한 문자 개혁으로 말미암아 이제는 문맹을 거의 없앤 단계에까지 와 있다. 현재 '튀르키예어 연구원'에서는 새 문자의 보급에 맞추어 튀르키예 토박이말 가운데 아름답고 쓸 만한 것을 골라 국민에게 사용하도록 하면서 외래어를 추방하는 사업을 영구적으로 추진 중에 있다.

독일에서는 1917년 오피츠가 "독일어의 멸시에 대해서"라는 글을 발표한 이래 국어 순화 운동이 비롯되었으나 프랑스와 튀르키예보다 강력하지 못하다. 그리고 영국은 19세기부터 언어학자와 문인, 인쇄업자들이 중심이 되어 국어 순화(醇化) 운동을 전개하여 오고 있는데,

주로 표준어와 표준 발음의 보급에 힘쓰고 있다.

소수민족이 많이 살고 있는 소련*이나 중국의 통치자들이 소수민족어를 공용어로 허용하고 있는 것은 소수민족들을 자극하지 않기 위해서라고 한다. 인류 역사상 존재하였던 민족—흉노족, 선비족, 유연족—이 오늘날까지 존속하지 못한 결정적인 요인은 종족의 소멸에 있는 것이 아니라 민족어의 소실에 있다. 우리나라가 일제의 식민지로 있을 때 일본은 우리 민족의 정신을 박탈하기 위하여 우리 민족으로 하여금 우리말을 사용하지 못하도록 탄압하였던 것이다.

대한민국에서 태어나 대한민국에서 살아가는 한국인들이 의사소통의 수단으로 사용하는 한국어는 한국의 언어인 동시에 한민족의 언어이다. 그래서 다음의 예에서 보듯이 한국인들은 한국어에서는 동질감을 느끼지만, 외국어에서는 이질감을 느낀다.

(1) ㄱ. 안녕하십니까?
    ㄴ. How are you?
    ㄷ. saim bainuu?

(2) ㄱ. 여행이 즐거웠습니까?
    ㄴ. Did you have a nice trip?
    ㄷ. ta sai irwuu?

(3) ㄱ. 들어오십시오.
    ㄴ. Please come in.
    ㄷ. ta or.

---

* 1991년에 '소련'이 붕괴되고 '러시아'가 건국됨.

(4) ㄱ. 너를 만나서 매우 즐겁다.

　　ㄴ. I am very happy to meet you.

　　ㄷ. bi tantai uulzsandaa ix bayarlaj wain.

(5) ㄱ. 피곤했습니까?

　　ㄴ. Were you tired?

　　ㄷ. ta zuderúú?

이상의 예문 가운데 (1ㄱ), (2ㄱ), (3ㄱ), (4ㄱ), (5ㄱ) 등은 한국어이고 (1ㄴ), (2ㄴ), (3ㄴ), (4ㄴ), (5ㄴ) 등은 영어이며 (1ㄷ), (2ㄷ), (3ㄷ), (4ㄷ), (5ㄷ) 등은 몽골어이다. 대한민국에서 태어나 살아가는 대한민국의 국민이면 누구나 한국어인 (1ㄱ)~(5ㄱ) 등에서는 친근감과 동질감을 느끼지만, 외국어인 (1ㄴ)~(5ㄴ)과 (1ㄷ)~(5ㄷ) 등에서는 소원감과 이질감을 느끼게 될 것이다. 그러므로 우리의 국민정신과 민족정신을 고양하는 데 가장 효과적인 언어는 한국어이다. 따라서 우리가 세계의 수많은 언어 가운데 한국어를 가장 사랑하여야 하는 까닭이 여기에 있는 것이다.

Ⅲ

언어는 일정한 언어 사회의 구성원끼리 상호 작용하고 협동하는 도구이다. 일찍이 미국의 언어학자인 블로크(Block)와 트래거(Trager)가 함께 저술한 "언어 분석 개설(Outline of Linguistic Analysis)"에서는 언어를 다음과 같이 정의하고 있다.

언어란 어느 사회 집단의 구성원들이 상호 교섭하는 도구로서 자의적인 음성 기호로 이루어진 하나의 체계이다.

언어학자인 스터트반트(Sturtbunt)도 이와 유사하게 언어를 다음과
같이 정의하고 있다.

언어란 어느 사회 집단의 구성원들이 협동하고 상호 작용을 하는 도구
로 자의적인 음성 기호로써 이루어진 체계이다.

언어는 인간의 심적인 내용 ― 사상과 감정 ― 을 표현하고 서로 전
달하여 작용하는 매개체이다. 그래서 인간은 주로 언어로써 상호 교
섭하고 협동하는 것이다.

특별한 경우 ― 외국에서 태어나 여러 해 동안 그곳에서 생활한 경
우 ― 를 제외하고 대한민국에서 태어나 성장한 한국인들이 제1차적
인 언어로 습득하는 것은 한국어이다. 그리하여 우리는 수많은 언어
가운데 한국어를 가장 잘 이해하고 한국어로써 우리의 사상과 감정을
잘 표현한다. 그러므로 한국인끼리 의사소통을 하는 데 가장 효과가
있는 언어는 한국어이다. 여기에 한국인이면 누구든지 한국어를 가장
사랑하여야 하는 이유가 있는 것이다. 그런데 어떤 사람은 말을 하거
나 글을 쓸 때 다음의 예에서 보듯이 한국어에 외국어를 섞어 쓰거나
외국어투로 표현하는 것이 습관화되어 있다.

(6) 19세기 정신사의 맥락에서 볼 때 당시의 이러한 nationalisme은
자유를 향유할 수 있는 국민의 권리라는 원칙을 옹호함으로써 자
유라는 종교의 절대적 영향과 연결되어 있었다.

(7) 그의 성격은 매우 로맨틱하며 데리케이트하다.

(8) 그의 시 작품은 많은 사람들에 의하여 낭독되어진다.

(9) Hegel은 또한 Herakleistos적인 변증법과 동일철학을 건설하였
는데 Platon의 이론에서 이념(Ideal)=실재적인 것(Real)이라는
등식과 Kant의 이론에서 관념(Idea)=이성(Reason)이라는 등식
을 꺼내어 Real=Reason, 즉 합리적인 것은 실재하는 것이요, 실
재하는 것은 합리적이라는 주장, 곧 힘이 정의라는 주장을 하기에
이르렀다.

이상의 예문 (6)과 (9)에서는 외국어인 'nationalisme', 'Her-
akleistos', 'Real', 'Reason' 등을 한국어로 번역하여 쓰지 않고 외국
어를 그대로 한국어 문장에 섞어 쓰고 있다. 그리고 (9)에서는 헤겔
(Hegel), 플라톤(Platon), 칸트(Kant) 등의 인명도 한글로 표기하지 않
고 로마자로 표기하고 있다. 예문 (7)에서는 외국어 'Romantic',
'delicate' 등을 소리 나는 대로 한글로 표기하고 있다. 오늘날 젊은이
들의 말을 살펴보면 (7)의 '로맨틱하다', '델리케이트하다' 등과 같이
영어의 형용사에 '하다'를 결합하여 거리낌 없이 사용하는 경향이 농
후하다. 이상의 예문 (8)도 자연스러운 한국어라고 하기 어렵다. 그
이유는 피동태 영문을 직역한 느낌을 주기 때문이다. (8)을 자연스러
운 한국어로 바꿔 쓰면 다음의 (10)과 같다.

(10) ㄱ. 그의 시 작품은 많은 사람이 낭독한다.
ㄴ. 많은 사람이 그의 시 작품을 낭독한다.

제1차적인 한국어로 국어를 습득한 사람으로서 예문 (8)과 같이 한

국어를 구사하는 사람은 대개 한국어의 특성을 모르거나 영문투의 언어 습관에 젖어 있다고 생각한다. 이와 같이 한국어에 외국어를 섞어 쓰거나 외국어투로 사상과 감정을 표현하는 사람은 대개 필요적인 동기에서라기보다 위세적인 동기 혹은 과시적인 동기에서 언어를 구사한다. 그들은 대개 언어를 의사소통의 유효한 도구로 인식하지 않고, 자신의 지적인 위세를 떨치는 한 도구로 보고 있는 듯하다. 만일 그들의 말을 듣거나 글을 읽는 사람이 그 말이나 그 글에 쓰인 외국어와 그 글의 구조를 모른다면 말하는 사람과 듣는 사람, 글을 쓴 사람과 읽는 사람 간에 의사소통이 원활하게 이루어지지 않아서 상호 교섭과 협동이 불가능해질 뿐만 아니라 위화감마저 조성될 것이다.

언어는 어디까지나 의사소통의 도구이므로 언어를 위세나 과시, 현학(衒學)의 도구로 사용하는 것은 언어의 본질에 대해서 모름을 스스로 드러내는, 어리석은 행위이다. 따라서 한국인이 한국인을 대상으로 자신의 사상과 감정을 표현할 때에는 반드시 한국어의 여러 규칙에 맞고 모든 한국인이 이해할 수 있는 한국어를 사용하여야 한다.

IV

문화를 구성하는 여러 요소 중에서 가장 기본적인 것은 상징체계(象徵體系)이며, 상징체계 중에서 고도로 발달된 대표적인 상징체계는 언어이다. 그리하여 언어와 문화는 서로 영향을 주고받는 관계에 있다. 그래서 바이스게르버(Weisgerber)도 다음과 같이 말하였다.

언어는 정신을 형성하는 힘과 문화를 창조하는 힘을 지니고 있다.

또한 미국의 언어학자인 리치(Leech)도 다음과 같이 말한 바가 있다.

언어는 문화를 반영할 뿐만 아니라 문화를 재구성하기도 한다.

일제 강점기에 일본이 우리 민족의 정신과 문화를 말살시키기 위하여 우리 민족에게 우리말을 사용하지 못하도록 탄압하였는데, 우리의 여러 학자가 일본의 가혹한 탄압에도 불구하고 우리말을 연구하고 보급하려 힘썼던 것은 우리의 정신과 문화를 보존하여 빼앗긴 주권을 되찾기 위해서였다. 그런데 만주족(滿洲族)은 한족(漢族)을 정벌한 뒤에 자신들의 언어와 문화를 경멸하고 한어(漢語)와 한족의 문화를 좋아하고 중시한 나머지 오늘날에는 만주어(滿洲語)와 만주족의 문화를 거의 찾아볼 수 없게 되었다. 이러한 사실들을 통해 보면 우리는 민족어와 민족 문화가 밀접한 관계를 맺고 있음을 분명히 알 수 있다.

민족어에는 민족정신과 민족 정서가 깃들어 있다. 그러므로 민족어로 표현된 문화만이 진정한 의미의 민족의 언어문화가 될 수 있다. 따라서 우리의 사상과 감정에 대한 기록이 우리의 민족 문화가 되려면 그것은 반드시 한국어로 표현되어야 한다.

(11) 동짓달 기나긴 밤을 한 허리 둘헤 내어
　　 춘풍 니불 아래 셔리셔리 너헛다가
　　 어룬 님 오시니 날 밤이여든 구븨구븨 펴리라.

(12) 내 벗이 몇이나 하니 수석과 송죽이라.
　　 동산에 달이 오르니 긔 더욱 반갑고야.
　　 두어라 이 다섯 밖에 더하여 무엇하리.

(13) 죽는 날까지 하늘을 우러러
　한 점 부끄러움 없기를
　　잎새에 이는 바람에도
　　나는 괴로워했다.
　　별을 노래하는 마음으로
　　모든 죽어 가는 것들을 사랑해야지.
　　그리고 나한테 주어진 길을
　걸어가야겠다.
　　오늘 밤에도 별이 바람에 스치운다.

(14) 한 번 더 굴너 심을 쥬며 두 번 굴너 심을 쥬니 발 미틔 가는
　셔걸 바람 좃차 펄펄 압뒤 졈졈 머러 가니 머리 위의 나무입은
　몸을 짜라 흐를흐믈 오고 갈 졔 살펴보니 녹음 속의 홍상즈락이
　바람결의 늬비치니…

이상의 (11), (12), (13), (14) 네 작품은 문학 평론가들이 높이 평
가하는 것이다. 만일에 이 작품들을 다른 나라의 언어로 옮긴다면 그
작품들이 지닌 의미를 그대로 나타낼 수 없다. 왜냐하면 한국어에는
우리 민족의 사상과 감정이 담겨 있어서 우리의 사상과 감정을 표현
하는 데 가장 효과적인 언어는 한국어이기 때문이다.

V

온 국민이 한국어를 가장 사랑하게 하려면 무엇보다도 문화·정치·
경제·교육 등 여러 분야가 다른 나라들보다 월등하게 발전하도록 하
여야 한다. 그리고 정상적인 한국어 교육을 통해 언어의 본질, 한국어
의 특질과 규칙, 한국어를 사랑하여야 하는 이유와 한국어를 사랑하

는 방법 등에 대해서 국민들에게 인식하도록 하여 주체성 있는 언어생활을 하게 하여야 한다. 이렇게 하려면 각급 학교뿐만 아니라 방송사, 신문사, 잡지사 등에 종사하는 사람들과 그 밖에 다른 분야에 종사하는 지식인들이 한국어 사랑에 솔선수범하고 계몽에 앞장서야 한다.

우리가 언어생활을 할 적에 유의할 점은 국수주의(國粹主義)에 사로잡혀서 외국어를 무조건 배척해서는 안 된다는 것이다. 아직도 우리나라는 몇몇 선진국에 비하면 정치·경제·문화·교육 등 여러 방면에 걸쳐 뒤떨어져 있는 점이 있어서 그 나라들로부터 본받을 것도 있다. 그렇게 하기 위해서는 그 나라의 언어를 습득하여야 한다. 그리고 다른 나라와 교류를 하기 위해서도 그 나라의 언어를 알아야 한다. 그런데 여러 외국어에 능통하다고 하여 대상과 처지, 때와 장소, 의도와 목적 등을 분간하지 못하고 언어를 지적인 과시나 위세의 도구로 사용하여서는 안 된다. 우리 한국인끼리 의사소통을 하고 우리의 문화를 창조할 때에는 반드시 한국어를 사용하여야 한다.

〈1986년 5월 16일〉

미래 사회의 언어생활

날이 갈수록 컴퓨터 기술의 발달과 더불어 가치관과 삶의 양식이 일반인의 상상을 뛰어넘어 변화하고 있다. 앞으로 우리가 사용하고 있는 한국어도 많이 변할 것이다.

서구의 미래학자들 가운데 어떤 이는 앞으로 30년 이후에는 세계 언어 중 90% 이상이 소멸되고 영어로 대치될 것이라고 하는데, 어떤 이는 민족주의가 팽배해져서 민족어가 더욱 사랑을 받게 될 것이라고 한다. 오늘날 대중매체의 언어나 청소년들의 언어를 살펴보면, 머지않아 우리의 국어인 한국어가 사라지고 영어가 국어로 대치되어 쓰일 것처럼 영어가 우리나라에서 위세를 떨치고 있다.

우리 민족이 이 지구상에서 당당히 살아가려면 경제적으로 부유하고 군사력이 막강하여야 할 뿐만 아니라 세상에 자랑할 만한 민족 언어문화를 창조하여야 한다.

우리의 민족 언어를 아름답게 꽃피우는 첫걸음은 온 국민이 국어를 사랑하는 의식을 가지는 것이다. 그리고 주체성이 있는 언어생활을 하는 것이다. 유구한 역사를 지닌 민족이지만 이렇다 할 우리 민족 언어문화를 찾아보기가 어려운 것은 19세기 말까지는 모화사상(慕華

思想)에 젖어 중국 문화를 수용하고 중국어를 차용하여 왔으며, 그 이후에는 일본과 미국의 문화를 무비판적으로 수용한 데 있다.

우리의 사상과 감정을 표현하는 데 가장 효과적인 언어는 한국어이다. 그리고 문자는 한글이다. 한국어와 한글로 쓰인 문학 작품이 진정한 의미의 우리 민족 언어문화에 속한다. 외국어와 한자(漢字)나 알파벳으로 쓰인 것은 우리의 민족 언어문화가 될 수가 없다. 한자의 뜻을 알기 위해 한자를 익히는 것과 글을 쓸 때 독자를 위해 한자어를 한글과 한자로 병기하는 것은 별개의 일이다.

모든 외래어를 그것들의 원어를 표기하는 문자로 글을 쓸 경우 우리의 언어문화는 어울리지 않는 여러 천으로 짜깁기를 한 옷처럼 흉하게 보일 것이다. 한자어도 한국어 어휘의 일종이므로 우리 민족의 사상과 감정을 글로 나타낼 때에는 한글로 써야 우리 민족 언어문화가 되는 것이다. 또한 한글 전용이 컴퓨터 통신 시대에 부응하는 것이다. 이른바 컴퓨터 세대에게 글을 쓸 때에 한글과 한자를 병기하거나 한글과 한자를 혼용하라고 강요하여도 한글을 전용할 것이다. 한글 전용이 우리 민족 문화를 창조할 때 한글을 한자와 병기하거나 혼용하는 것보다 경제적이고 유용하기 때문이다.

컴퓨터 통신을 할 적에는 되도록 간결한 언어로 의사소통을 하여야 시간이 덜 걸리고 사용료가 덜 든다. 그래서 청소년들이 컴퓨터 통신으로 대화를 나눌 때에는 서로 이해하는 약어나 신조어를 사용한다. 예를 들면 "범생(모범생), 깔(여자 친구), 사발(거짓말), 쪼가리(이성 친구), 식후땡(밥을 먹고 난 후 피우는 담배), 와카남(와이프 카드 쓰는 남자)"등과 같은 것이다. 이것들 중 대부분의 어휘는 다른 세대가 이해하기도 어려운 것일뿐더러 저속한 느낌을 주는 것이다. 그들은 상대방이 자신을 잘 모른다고 생각하여 비속어를 사용하고 반말을 한다. 또한 컴퓨터 세대는 맞춤법이나 띄어쓰기 규정을 무시하고 소리 나는 대로 표기하는 경향이 농후하다.

정부에서 바람직한 컴퓨터 통신 언어 정책을 마련하여 실시하지 않으면 앞으로 한국어의 어휘 가운데 약어와 비속어가 더욱 많은 비중을 차지할 것이며, 여러 어문 규정이 쓸모없는 것이 되고 말 것이다.

오늘날 70세 이상이 된 노인 가운데 상류 계층과 중류 계층에 속하는 사람들은 난해한 한자어를 섞어 말하지만, 앞으로 30~40년 이후에는 한국어에 영어를 섞어 말하는 노인이 많을 것이다. 또한 여성어는 남성어화하고 남성어는 여성어화할 것이다. 원래 여성은 남성에 비하여 품위가 있고 우아한 말을 하려고 힘쓴다. 어머니는 아버지보다 자녀의 언어 습득에 강력한 영향을 끼치는 존재이기 때문이다. 필자가 1980년대 초에 욕설에 관한 연구를 하기 위하여 20대 여대생에게 "욕설을 하고 나면 부끄러움을 느끼느냐?"라는 설문을 한 적이 있다. "부끄러움을 느낀다."라고 응답한 사람이 95% 정도가 되었다. 그런데 최근의 여대생들 가운데는 남자 대학생들과 마찬가지로 욕설을 하고 나서 부끄러움을 느끼는 사람은 많지 않은 것 같다.

그동안 남존여비 사상으로 말미암아 여성을 차별하는 말이 많이 쓰이어 왔다. "여자가 담배를 피워?", "여자가 술을 마시니?", "여자가 밤늦게 다니면 안 된다." 등이 그 보기에 해당한다. 그런데 오늘날 여성의 지위가 향상되면서 여성 차별 언어는 줄어드는데, 남성 차별 언어가 증가하고 있다. 남성 차별 언어로는 "남자가 쫀쫀하게 놀아.", "남자가 빌빌거려.", "남자가 말이 많아." 등이 있다. 앞으로는 여성 차별 언어 못지않게 남성 차별 언어도 많이 생성되어 쓰일 것이다.

19세기 독일의 언어철학자인 훔볼트는 일찍이 "민족어는 민족과 등가 관계에 있다."라고 말한 바가 있다. 민족이 융성하면 민족어도 함께 융성하는데, 민족이 멸망하면 그 민족어도 소멸한다는 것이다.

우리는 행복하게도 민족어를 한국어로 사용하고 있다. 한국어를 애용하는 것은 민족어를 애용하는 것이다. 정부에서는 온 국민의 한국어 사용 실태를 파악하고 한국어 생활의 변천 양상을 예견하여 국민이 한국어 생활을 효과적으로 할 수 있는 한국어 정책을 마련해서 실시하여야 한다. 우리 국민들 간에 한국어로 의사소통을 잘하여야 우리나라가 발전할 수 있는 것이다.

〈1999년 4월 1일〉

바람직한 어문 정책

우리나라의 어문 정책의 목적은 국민이 한국어로 의사소통을 잘할 수 있게 하고, 우수한 한국어 문화를 창조하고 향유하며 계승하게 하는 데 있다. 어문 정책으로 표준어 사정 원칙, 표준 발음법, 한글 맞춤법, 외래어 표기법, 로마자 표기법, 표준 화법, 표준 문법 등의 제정과 시행(施行), 문자 사용, 한국어 순화(醇化), 한국어 거대 자료(big data) 구축, 한국어의 세계화, 이주 외국인을 위한 한국어 교육 등을 중시하여야 한다. 그런데 온 국민이 상대를 존중하고 배려하는 고운 한국어를 사용하고, 사상과 감정을 정확히 표현하기 위하여 바른 한국어를 사용하며, 공적인 상황에서 품위가 있고, 누구나 이해하기 쉬운 한국어를 사용하는 데 더욱 비중을 둔 어문 정책을 효과적으로 시행하여야 한다.

언어는 핵과 같은 위력을 가지고 있다. 한마디 말이 다른 사람을 웃게 할 수도 있고, 울게 할 수도 있다. 행복하게 할 수도 있고, 불행하게 할 수도 있다. 사람을 살릴 수도 있고, 죽일 수도 있다.

날이 갈수록 생존경쟁이 치열해지면서 우리 사회에는 살벌한 언어, 무섭고 두려운 증오와 저주의 언어가 범람하고 있다. 가정에서는 어린 자녀의 인격을 존중하지 않고 품위가 없는 말로 자녀를 질책하며, 직장과 누리소통망(SNS)에서는 상대를 존중하지 않고 배려하지 않는 말, 저주하는 말, 품위 없는 말, 거짓말 등이 넘쳐나고 있다.

고운 언어란 상대를 존중하고 배려하며 예절 바르고 품위가 있는 언어이다. 비속어와 욕설을 구사하는 것은 언어폭력을 행사하는 것이다. 남과 의사소통을 할 때 비속어와 욕설을 사용하면 의사소통이 제대로 이루어질 리가 없다. 고운 언어로 의사소통을 하여야 의사소통이 원만하게 이루어진다. 사람들은 상대를 존중하고 배려하며 품위가 있는 언동을 하는 사람을 좋아하고 존경한다. 고운 언어를 구사하면 좋은 인간관계를 맺게 된다.

언어와 사고(思考), 언어와 심신(心身)은 밀접한 관계를 맺고 있다. 고운 언어를 구사하면 사고를 건전하게 하고, 심신을 건강하게 한다. 그러나 곱지 않은 비속어와 욕설을 구사하면 사고를 불건전하게 하고, 몸과 마음을 병들게 한다. 비속어와 욕설을 습관적으로 사용하면 심신이 황폐해진다.

자아 정체성은 청소년기에 확립된다. 어린 시절에 배운 비속어나 욕설은 잊어버리지 않고 평생토록 사용하게 된다. 비속어와 욕설을 자주 사용하거나 듣게 되면, 자신과 사회를 올바르게 이해하는 데 어려움을 겪어서 자아 정체성이 잘못 형성될 가능성이 높아진다. 자아 정체성이 잘못 형성된 사람은 건전한 가치관을 가지기 어렵고, 정상적인 사회생활을 할 수가 없다. 따라서 부모는 자녀를 질책할 때 비속어나 욕설을 구사해서는 안 된다.

일정한 조직 사회의 구성원들이 고운 언어로 의사소통을 하면 서로 존중하고 배려하는 문화가 정착한다. 그러한 사회에는 칭찬, 격려, 위로, 관용, 화합, 협동 등의 생명수가 끊임없이 흘러넘쳐 살맛 나는 세상이 될 것이다.

온 국민이 바른 언어를 사용하는 것이 습관화될 수 있는 정책을 시행하여야 한다. 바른 언어란 언어 규칙에 맞는 언어이다. 바른 언어를 구사하여야 상대에게 사상과 감정을 정확히 전달하여 의사소통을 효과적으로 할 수 있는 법이다. 그런데 일반 국민에게 영향을 많이 끼치는 대중매체의 언어나 공적인 상황에서 사용하는 공인들의 언어 중에는 언어 규칙에 어긋난 것이 많이 있다. 그것들 중에서 한국어의 음운 규칙에 어긋나게 발음하거나, 한국어 문법에 어긋난 예를 많이 찾아볼 수 있다. 한국어 문법에 어긋난 문장 중에는 조사(助詞)와 어미(語尾)를 잘못 사용하거나, 문장 성분 간의 호응 관계를 잘못 맺게 구성한 것이 가장 많다.

불특정 다수의 독자나 청자(聽者)를 대상으로 의사소통을 할 때는 모든 사람이 쉽게 이해할 수 있는 언어를 구사하는 정책을 시행하여야 한다. 공적인 상황에서 널리 쓰이지 않는 '낄끼빠빠(낄 데 끼고 빠질 데 빠져라.)', '버카충(버스카드 충전)', '뇌섹남(뇌가 섹시한 남자)' 등과 같은 줄임말이나, 일반인이 이해하기 어려운 '급난지붕(急難之朋)', '수주대토(守株待兎)', '심원의마(心猿意馬)', '읍참마속(泣斬馬謖)', '호가호위(狐假虎威)' 등의 사자성어(四字成語)나, BMI(Body Mass Index), CG (Computer Graphics), GHP(Good Hygiene Practices) 등과 같은 외국어를 거리낌 없이 사용하는 사람이 있다. 간판과 광고 언어 중에도 외국어와 국적이 없는 언어가 많다. 이와 같은 언어를 즐겨 사용하는 사람은 남을 배려하지 않는 언어를 구사하는 사람이다.

의사소통을 잘하려면 곱고, 바르며, 쉬운 언어를 사용하여야 한다.

어문 정책을 담당하고 있는 정부 당국은 온 국민이 공적인 상황에서 고운 언어, 바른 언어, 쉬운 언어 등을 습관적으로 사용하여 의사소통을 잘할 수 있도록 효과가 있는 어문 정책을 개발해서 지속적으로 시행하여야 한다.

〈2017년 12월 29일〉

제2부

고독의 웅덩이

후회

후회는
어리석음이
하얀 천 위에 낳아
지워지지 않는 흔적.

〈2019년 1월 15일〉

고독의 웅덩이

마음의 밭에
고독의 웅덩이가 깊이 파일 때마다
고향을 찾는다

순수하고 따뜻한
정이
그리워.

고향 집 대문을 들어서면
할머니와 어머니가
환하게 반기시는 듯하다.

할머니와 어머니의
따스한 사랑이
고독의 웅덩이를 메운다.

〈2012년 3월 5일〉

인생 (1)

지난 일들은
언뜻 스쳐 지나간 바람.
오늘도 내일도
형언하기 어려운 빛깔들로
아름답게 그려지는 세월.

우리네 인간은
세월의
풍경화,
주인,
때론 손님.

우리네 인생은
한 가닥
바람이라네.

〈2013년 12월 24일〉

살맛 나는 세상은 언제 오려나

살맛 나는 세상은
언제 오려나!

모든 사람이
순수하고 정겹게
사는 세상

아무리 삶이 힘겹더라도
상대방을
존중하고 배려할 줄 아는 세상

모든 사람이
정직하고
의로우며,
겸손하고
착하게 사는 세상

꽁꽁 언 눈을 녹이는
따뜻한 말을
권력과 돈보다
소중히 여기면서 사용하는 세상

모든 사람이
양심을 중시하고
죄악을 두려워하며
서로 사랑하고 보듬으며
행복하게 사는 세상

이런 세상은 언제 오려나!

〈2009년 3월 6일〉

산을 닮은 나무

인생은
한 번의 눈 깜작임과 같은 것,
모진 태풍과 폭우처럼
사는 이들이여!

자나 깨나
권력과 돈의 노예가 되어
양심을 저버리고
아귀다툼하는
가엾은 이들이여!

인생은
늦가을에 부는
한 가닥 바람인데
착한 일을 하기에도
찰나인 것을.

자나 깨나
물욕의 노예가 되어

이성을 잃은 채
남을 헐뜯고 괴롭히다가
이승을 떠나려오?

영원히
착한 일은
향기를 풍기는데,
악한 일은
악취를 풍기나니

'남'을 탓하지 말고
'나'를 탓하며
'가지기'보다 '주기'에 힘쓰며
산처럼
나무처럼 사소서.

⟨2011년 11월 5일⟩

분수

음식이
어울리는 그릇에 담겨야
제맛이 더 나듯

사람도
분수에 맞게 살아야
행복한 법.

〈2019년 1월 7일〉

인정(人情)

정(情)이 없으면 사람이 아니다.

정(情)은
따뜻한 마음
남을 배려하는 마음
남을 용서하는 마음
남을 불쌍히 여기는 마음
자신을 낮출 줄 아는 마음
남에게 베풀 줄 아는 마음

정(情)이 없으면 사람이 아니다.

〈2020년 5월 25일〉

가을 유혹

맑디맑은 하늘
시원한 바람
우장산 오솔길을 걷노라면
낙엽이 고소한 가을 냄새로 유혹한다.

참새들이
가던 길 멈추고
너럭바위에 옹기종기 앉아
푸르른 가을 하늘 아래서 담소를 나눈다.

〈2019년 11월 23일〉

10월의 향연

어린 시절
10월
논둑길을 거니노라면
메뚜기들이 춤을 추고
여기저기서 벼 익는 소리
살사리꽃들이
향연을 베풀어
가을 찬가를 불렀다.

〈2010년 10월 5일〉

찬미

- 아들의 탄생을 축하하면서 -

아가야 넌
동틀녘
깊디깊은 두메
싱싱한 풀잎을
꼬옥 잡은
한 방울
이슬이어라.

젖을 먹다가
졸음의 밀물에 밀리어
새근새근
잠든 모습은
풍성한 오곡백과를
거두는 농부의 마음이어라.

두 볼에 조그맣고 깊은
우물을 파고
방글방글
웃는 소린
환희의 교향악이어라.

시인의 마음으로
꽃을 사랑하고
과학자의 눈으로
벌과 나비를 바라보며
철학자의 머리와 입으로
생각하고 말하는
아가야, 넌
우리 집안의 주춧돌
온 누리의 대들보이어라.

〈1982년 7월 28일〉

봄의 천사

- 딸의 돌을 축하하면서 -

파아란 하늘
새하얀 눈 위에
붉게 타오르는
동백꽃처럼
아름다운 모습으로 태어난
아가야, 넌
새로운 봄의 천사

샛별같이 초롱초롱한
눈동자엔
깨달음의 기쁨이 가득 차 있고
둥그런 이마엔
성스런 어진 꿈이 서려 있으니

대지를 숨 쉬게 하는 물
만물을 자라게 하는 해님
절망을 희망으로 바꾸는 달님이리니

아가야 넌,
봄의 천사, 천사이어라.

<1987년 3월 8일>

딸의 결혼

이 세상
무엇과도 비길 수 없는
소중하고 소중한
딸내미가
사랑하는 짝을 만나
새 둥지로 떠날 날이
한 달도 안 남았소.

스물다섯 해 이백팔십일
9405일을
한 둥지에서 보내며
딸내미와 따뜻한 대화를
나눈 적이 별로 없소.

언제 봐도
세상 물정 모르는
어린 꼬만데
사랑하는 짝을 만나
새 둥지로 떠난다오.

어느새 어엿한 성인이 되어
철새처럼
새 둥지를 찾아가는
딸내미가
대견하고 대견하오.

사랑
믿음
배려가 넘치는
보금자리 이루길
빌고 빈다오.

〈2011년 11월 20일 〉

노인의 얼굴

노인의 찌푸린 얼굴은
고통을 주는 냉방.
인자하게 웃는 노인의 얼굴은
포근한 잠자리.

〈2019년 10월 12일〉

조물주의 분노

인간의 오만한 삶에
조물주가 분노하여
코로나 바이러스*를 퍼뜨렸나?

자연은 순리대로 사는데
인간은 순리를 거스르고 살려 한다.

코로나 바이러스가
인간들을
죽음의 절벽으로 몰아가는데
봄꽃들은
마음껏 아름다운 자태를 자랑한다.

인간은 코로나 바이러스가 두려워
혼비백산하는데
자연은 코로나 바이러스에 무관심하고
본연의 삶을 즐긴다.

〈2020년 4월 11일〉

....

* 한국에서 코로나 바이러스 확진자가 처음 나온 날은 2020년 1월 20일이다.

2023년 고향 풍경

낮인데도 커다란 마을이 텅 빈 듯 조용하다.

뛰노는 아이들의 왁자지껄한 소리를 들을 수 없다.

일하는 청년을 구경할 수가 없다.

이따금 허리가 90도로 구부러진 낯선 노인이 힘겹게 걸어간다.

따뜻한 인심은 사라지고 스산한 바람이 분다.

〈2023년 3월 15일〉

노인들이여

늙는 줄도 모르고
가족과 나라를 위해
모든 걸 바친
노인들이여!

유사 이래
온갖 차별을
받으면서 사는
노인들이여
서러워 마시구려.

아름답게 살아온 세월이 추해지느니
남을 탓하지 마시구려.
원망도 하지 마시구려.

언제나
바람처럼
훌훌 떠날 수 있는
준비를 한 채로
마음을 비우고
산처럼 어질게 사시구려.

〈2012년 5월 23일〉

영혼이 있는 말

영혼이 있는 말은
다정한 말.

영혼이 있는 말은
희망을 갖게 하는 말.

영혼이 있는 말은
예의 바른 말.

영혼이 있는 말은
기쁘게 하는 말.

영혼이 있는 말은
남을 배려하는 말.

영혼이 있는 말은
진실한 말.

영혼이 있는 말은
품위가 있는 말.

영혼이 있는 말은
부드러운 말.

영혼이 있는 말은
정직한 말.

영혼이 있는 말은
겸손한 말.

영혼이 있는 말은
감동을 주는 말.

〈2012년 5월 6일〉

참가족

부모가 자녀에게 하는 말을
부모는 사랑의 조언이라는데
자녀는 잔소리라네.

부모가 조언을 할 때마다
자녀는 귀를 막고 달아나네.

상대가 듣기 싫어하는 말은
하지 않는 것이 잘하는 것인데

부모와 자녀가 소통이 되지 않으면
투명 가족으로 사는 것이라네.

가족끼리 공감하면서
대화를 나누고
정을 주고받으며 살아야 참가족이라네.

〈2012년 5월 23일〉

어울림

모난 돌은
양심에 따라 살아
어울리지 못하여
늘 외롭다네.

조약돌은
양심이 없어
이리 둥글 저리 둥글 어울려
외롭지 않다네.

〈2012년 5월 6일〉

고향 집

온갖 번뇌에서 벗어나고플 때 찾는 고향,
어릴 때 모습과 크게 변하지 않은 곳.

고향 집은
할머니, 어머니, 아버지의 사랑이 고스란히 남아 있는 곳,
집에 들어서면 천진난만한 어린이가 되는 곳.

고향 집에 들어서면 철 따라
부끄러워 얼굴이 발개진 산수유, 감, 단풍나무가 반긴다.

고향 집은
변함없이 순수하고 뜨거운 사랑으로 보듬어 주는 집,
아픈 몸과 마음을 치유해 주는 곳.

〈2021년 10월 25일〉

가을 하늘

맑은 가을날
수명산(壽命山)을 등산하다가
무심코 하늘을 본다.

물 위로 던진 돌이 물속으로 들어가는 모습이 보이는
깊디깊은 산속 호수의 파란 물처럼
시원하게 펼쳐져 있는 순결한 하늘.

청명한 하늘처럼
마음의 때가
깨끗이 씻겨 나간다.

〈2012년 10월 15일〉

그리움 (1)

평생토록 당신 자신보다
남을 사랑하신 어머니.

꼭두새벽 절구에 보리를 찧어 아침밥을 짓고
낮에는 밭일, 새참, 점심, 저녁을 차리고
밤늦게까지 호롱불 아래서 바느질하시던 어머니.

아무리 삶이 힘들어도
언제나 밝게 웃으시던 어머니.

초등학교 입학 전에
콩으로 덧셈 뺄셈을 가르쳐 주시던 어머니.

내가 대여섯 살 때
냇가에서 빨래를 하시다가
내 목덜미를 정겹게 닦아 주시던 어머니.

밥 먹을 때마다 입이 짧아 걱정이라며
많이 먹으라고 맛있는 반찬을
내 수저 위에 얹어 주시던 어머니.

초등학생일 때 감자를 쪄서
먼 밭에서 일하시는 어머니께 갖다 드리면
한없이 좋아하시던 어머니.

무더운 여름
광주리에 온갖 채소를 담아 머리에 이고
시장에서 채소 판 돈으로 맛있는 과일들을 사서
먹으라고 주시던 어머니.

불볕더위에 보리 바심을 하시다가
얼음과자 장수가 오면
보리로 얼음과자를 사 주시던 어머니.

내 생일에 국화꽃으로 화전(花煎)을 만들어
이웃들에게 갖다 주라며
즐거워하시던 어머니.

〈2021년 1월 7일〉

향수

한겨울처럼
시리도록 고독하고
사무치게 덧없음이 밀려올 때
고향으로 가는
새벽 열차를 탄다.

무지개 추억이
어린 그곳

할머님과 부모님의
따뜻한 정을
오롯이 느낄 수 있는 그곳

고향으로 가는
기차를 타면
시린 고독이
봄눈처럼 녹는다.

〈 2013년 1월 8일〉

어머니의 집

어머니는 산처럼
모든 사람을 똑같이
사랑을 하셨다네.

어머니의 얼굴은
늘 웃음꽃이 피어
곱고 향기로웠다네.

어머니는 태양처럼
모든 사람을 뜨겁게
사랑을 하셨다네.

어머니의 집은
언제나 온정과 웃음으로
가득 찼다네.

〈2013년 1월 19일〉

의자

어느 의자든 주인이 없다.
인생은 주인이 없는 의자.

최고급 의자에 앉으려
이전투구(泥田鬪狗)를 하는
우매한 군상(群像).

순리(順理)에 따라
최고급 의자에 앉았다가
미련 없이 남에게 물려주고
떠나는 현인(賢人).

〈2016년 3월 2일〉

가슴을 에인다

한평생
밤낮을 가리지 않으시고
가족을 위해
열심히 일하신 아버지.

어머니가 돌아가신 후
홀로 사신 아버지.

얼마나 외로우셨을까
얼마나 힘드셨을까
얼마나 불편하셨을까

홀로 사시면서
힘들다, 불편하다, 외롭다는
말씀
한마디도 하지 않으신 아버지.

이승을 하직하실 때
얼마나 원망스러우셨을까
얼마나 아프셨을까
얼마나 슬프셨을까
얼마나 보고 싶으셨을까
얼마나 한스러우셨을까

가슴을 에인다.

〈2008년 3월 31일〉

녹명(鹿鳴)

이 세상의 울음소리 중에
가장 아름다운 울음소리는
사슴의 울음소리라네.

사슴은 먹이를 발견하면
혼자 먹거나 감추지 않고
배고픈 다른 사슴들에게
함께 먹이를 먹자고
울음소리로 알린다네.

만물의 영장이라고
교만을 떨며 사는 인간들보다
사슴이 더욱 성스러운 존재라네.

〈2022년 11월 21일〉

꽃전

국화꽃이 피는 가을이 되면
어머니가
가슴 저리도록 뵙고 싶다.

생일마다
어머니는 국화꽃으로
맛있는 꽃전을 부쳐 주셨다.

나는 그 꽃전을 먹는 것보다
이 집 저 집에 갖다 주는 것이
더욱 즐거웠다.

어머니는 즐거워하는 나를 보시고
국화꽃처럼 환한 미소를 지으시면서
꽃전을 부치셨다.

국화꽃이 피는 가을이 되면
어머니가
가슴 저리도록 뵙고 싶다.

〈2020년 10월 29일〉

젊은이들이여

젊은이들이여
여명(黎明)이다!
기운차게
일어나라.

다시 오지 않을 오늘을
즐겁게 살겠노라
다짐하고
가벼운 발걸음으로
일터로 나가라.

오곡백과를 익히는
가을의 햇볕같이
뜨겁게 뜨겁게 살아라.

감사하는 마음으로
잠자리에 들어
새로운 즐거움을 싣고 오는
내일의 여명까지
편히 쉬어라.

〈2013년 9월 15일〉

천사의 나팔꽃

천사와 같은 성품을 지니고
나팔 모양으로 생겨
천사의 나팔꽃이라네.

천사의 나팔꽃은,
부끄러움을 모르고
네 탓만 하면서 사는
인간들의 스승!

천사의 나팔꽃은,
어두침침한 공간을
밝디밝게 해 주고
그윽한 향기로 즐겁게 하며
자신을 드러내지 않는
꽃이라네.

〈2013년 11월 20일〉

엄니의 검정콩

한 해도 빠짐없이
정성을 다하여
엄니가 물려주신
검정콩을 심는다.

온갖 풍파를 견디며
탐스러운 열매를 맺은 검정콩은
한평생 온갖 고난을
인내하며 사신 우리 엄니.

멍석에 널려 있는
검정콩 한 알 한 알에
따뜻한 미소를 짓는
엄니가 보인다.

〈2013년 11월 21일〉

도서 기증

기나긴 세월
고락을 함께해 온 책들과
헤어짐이 서러웠나
이별 순간
진눈깨비와 눈보라가 쳐댔네.

마음속에 흐르던 눈물이
고드름처럼
얼어 버렸네.

이별은 재회이기에
맑고 포근한 날씨가
이별을 칭송하네.

허전한 마음이
기쁨의 강물 되어
온몸을 적시네.

〈2013년 11월 27일〉

웃음

아가의 밝은 웃음은
비 갠 뒤 맑은 하늘.

청소년의 웃음은
시원한 폭포수.

장년의 웃음은
모든 걸 감싸 안는 거산.

노인의 웃음은
잔잔한 호수.

〈2015년 11월 26일〉

가장 듣기 좋은 말

새벽에 어린 손녀가 눈을 비비며
거실로 아장아장 걸어 나와
고사리손으로 내 다리를 잡고 하는 말.

"하찌 좋아."
"못 가지."
"한 번 더."

가장 듣기 좋은 말.

〈2017년 7월 12일〉

자연의 법칙

장렬한 해넘이는 눈부신 해돋이
커다란 절망은 벅찬 희망.

물은 아래로 흐르고
나무의 뿌리와 생명은 비례한다.

〈2005년 3월 9일〉

여보게

여보게,
인생은
한순간이라네.

여보게,
왜 그리 찌푸리며 사는가
왜 그리 추하게 사는가
왜 그리 악하게 사는가

여보게,
바이칼호처럼 맑고
장미처럼 밝게 살게나.

여보게,
큰 바위처럼 믿음직하게
한여름의 태양처럼 뜨겁게 살게나.

여보게,
산처럼 인자하게
군고구마처럼 구수하게 살게나.

〈2014년 2월 9일〉

가족 여행

여행은
온갖 번뇌를 씻어 주는 것

여행은
오늘과 내일을 즐겁게 하는 것

가족 여행은
가족의 둥지를 더욱 따뜻하게 하는 것.

〈2014년 2월 5일〉

광천

내 고향은
산수가 수려한
충남 광천 너른내.

동네 사람은 바뀌어도
풍경은 변함이 없는 곳.

어린 시절
아름다운 추억을
되새김질할 수 있는 곳.

할머님과 부모님의
사랑이
샘처럼 쉼 없이 솟는 곳.

〈2014년 3월 23일〉

봄의 전령

외로운 몸속으로
파고드는 부드러운 바람.

육중한 흙을 밀치고
돋아나는 새싹.

혹한을 이겨 내고
꽃망울을 터뜨리는 매화.

새들이 짝을 유혹하느라
여기저기서 고음으로
부르는 사랑의 노래.

그대들은
반가운 봄의 전령.

〈2014년 3월 25일〉

아름다운 삶

아름답게 사는 사람은
날마다 쉼 없이
세상살이에 더러워진
마음을 깨끗이 닦는다.

아름답게 사는 사람은
날마다 쉼 없이
어진 마음, 의로운 마음으로
삶을 되새김질한다.

〈2014년 4월 25일〉

풀 향내

한여름 밤
거니는 고향 길에
물씬 풍기는
풀 향내.

풋풋한 풀 향내는
그리운 님의
향기로운 냄새.

풀 향내엔
밤새 모닥불 주위에 둘러앉아
도란도란 나누던 친구들의
정겨운 대화가 실려 있다.

오늘 밤도
풀 향내 따라
그리운 님을 찾아
고향길을 거닌다.

〈2014년 8월 13일〉

나무 (1)

파아란 가을 하늘에
구름이 흘러간다.
세월이 흘러간다.

나무는
언제나
그 자리에 서 있다.

〈2014년 9월 16일〉

한 번 더

"한 번 더"
두 살배기 손녀가 하는 말.

새로운 말을 배우고 싶을 때
음식을 더 먹고 싶을 때
놀이기구를 타고 싶을 때

"한 번 더"

〈2017년 5월 5일〉

대추

선친께서 심으신
대추나무 두 그루

푹우와 태풍을 이기고
엄지손가락 만한 대추가
주렁주렁 열렸다.

대추 열매 하나하나에서
아버지의 사랑을 느낀다.

〈2014년 9월 27일〉

그 사람

저 사람이 그 사람인가.
몰라보게 변했다.

뾰족한 돌,
세찬 비바람,
커다란 바위에
부딪히면서
살아왔나 보다.

그 사람이 저 사람인가.

〈2014년 9월 29일〉

농부의 하루

동트기 전
참새들의
아름다운 합창소리에
잠을 깨어

경쾌한 발걸음으로
들녘에 나가
자연의 아가들을
정성껏 돌보고

불타는 저녁놀을
바라보며
경쾌한 발걸음으로
들녘에서 돌아온다.

〈2014년 6월 9일〉

유독 생각나는 분

사무치도록
외로울 때
유독 생각나는 분은
우리 엄니.

살을 에듯
아플 때도
유독 생각나는 분은
우리 엄니.

맛있는 음식을
먹을 때도
유독 생각나는 분은
우리 엄니.

아름다운 경치를
볼 때도
유독 생각나는 분은
우리 엄니.

〈2015년 1월 7일〉

외로움

외로움은
한여름 천장에
매달려 있는 고드름.

외로움은
늦가을 비바람에
떨어지지 않으려고
안간힘을 다하는 나뭇잎.

〈2015년 1월 10일〉

나무 (2)

나무는 언제나 조용하다.
　　　남을 탓하지 않는다.
　　　편애를 하지 않는다.
　　　변절하지 않는다.
나무는 늘 후덕하다.

〈2015년 2월 12일〉

목청껏 울어라

한 점
부끄럼도 없는데

짓밟힌 진달래꽃처럼
붉디붉은 원망으로 목이 메면
주저하지 말고 목청껏 울어라.

그 아픔, 그 분노, 그 원한
풀어 줄 이 있으리니
목청껏 울어라.

〈1998년 4월 12일〉

어느 평범한 사람의 기도

모든 사람이 자기의 길을 가는 것에 만족하게 하소서.

나쁜 짓을 하면 부끄러워할 줄 아는 사람이 되게 하소서.

남을 배려하면서 겸손하게 살게 하소서.

청렴하고 정직한 사람을 존경하는 사회가 되게 하소서.

열심히 노력해서 성공한 사람을 존경하는 사회가 되게 하소서.

〈2015년 10월 1일〉

아가 (1)

아가의 웃음은 웃음이다.
아가의 슬픔은 슬픔이다.

아가는 잠결에도 순리대로
기고 서는 연습을 한다.

아가는 사랑을 먹고 자란다.
아가는 욕심이 없다.
아가는 거짓말을 하지 않는다.
아가는 착한 사람을 좋아한다.
아가는 남을 탓하지 않는다.

〈2016년 2월 3일〉

사랑하는 손녀에게

귀여운 민아야, 넌
싱그러운 신록(新綠)의 계절 5월에
일출처럼
온 세상을 밝게 비추면서 태어났어.

안아 주면
고맙다고 환하게 미소를 짓고,
외로우면
여러 어조로 종알거리고,

시끄러운 소리가 들리면
짤막한 한마디로 불쾌감을 나타내는
네 모습은
마냥 예쁜 천사.

민아야, 넌
이 세상에 하나밖에 없는
소중한 보배야.

이 세상에 태어난 지 6개월도 채 안 되었는데
'뽀로로'를 보고 마냥 즐거워하며
예쁜 소리로 기쁨을 표현했어.

넌 온 힘을 다해
50cm밖에 안 되는 소파 위에 오르면
꿈을 이룬 것처럼
손뼉을 치면서 좋아했어.
넌 다른 사람도 함께 박수를 치라고
주위를 둘러보며 눈짓을 했어.

8개월이 될 때쯤
외출하려는
내 옷소매를 잡아당겨
가지 말라고 하는 것 같아
외출하지 않았어.

18개월이 된 요즘엔
사랑스러운 넌
제스처로 생각과 느낌을 잘 표현하고
남의 말을 잘 알아들으며
제법 말도 잘해.

날마다 새로운 기쁨을 주는 민아야,
청초한 난초처럼
그윽한 국화처럼
우아하고 향기롭게 자라렴.

〈2016년 12월 1일〉

2017년 정유년의 소망

내 조국 대한민국이여!
사랑하는 내 조국이여!

먹구름이 걷히자 반짝이는 별처럼 빛나소서.
바다에서 치솟는 태양처럼 뜨거우소서.

무더운 열기 속에서 쑥쑥 자라는 여름 나무처럼
번영하소서, 번창하소서.

온 국민이여!
가을에 탐스럽게 익은 과일처럼
뜨거운 사랑을 이웃에게 베푸소서.

2017년 정유년엔
내 조국 대한민국에
사랑과 행복의 샘물이 용솟음치게 하소서.

〈2017년 1월 27일〉

하찌[*]

하찌!
이 세상에서 가장 순수한 말.

'하찌'는
생후 1년 6개월 된 손녀가 애용하는 말.

"맘마 줘요."
"나와 함께 놀아 줘요."
"날 좀 도와줘요."
"날 안아 줘요."
"사랑해요."
"재워 줘요."

'하찌'는
할아버지를 기쁘게 하는 말.

〈2017년 2월 21일〉

---

* 하찌: '할아버지'를 뜻하는 유아어.

부자 동행

아들이 성인이 된 후 처음으로
아버지와 아들이 함께한 호주 여행.

아버지는 여행객, 아들은 가이드.
손님의 온갖 요청을 친절히 들어 주는 특급 가이드.

골드코스트의 황홀한 일출이
부자간의 거리를 좁혀 준다.

여행은 침묵의 벽을 허물고
따뜻한 정을 주고받게 한다.

〈2015년 5월 9일〉

이상향

맑은 하늘
상쾌한 산들바람
향기로운 꽃들의 향연
싱싱하게 자라는 가로수
오염된 인간이 없는 거리

부끄러움을 아는 사람이 사는 곳
사랑과 배려가 넘치는 곳
예의 바른 사람이 사는 곳.

〈2017년 4월 15일〉

내 삶의 역사

유소년 시절엔
이슬을 먹으면서 살았다.

청년 시절엔
물불을 가리지 않고 살았다.

장년 시절엔
용광로처럼 뜨겁게 살았다.

노년엔
황혼이 빚는 신비로운 경치를
감상하며 살고 있다.

〈2017년 5월 13일〉

그땐 왜 몰랐을까

그땐 왜 몰랐을까!
그땐 왜 몰랐을까!

그땐 왜 몰랐을까!
부모님이 힘겹게 사시는 것을.

그땐 왜 몰랐을까!
자주 부모님과 담소할 줄을.

그땐 왜 몰랐을까!
국내외 여행을 함께하고
맛있는 음식을 골고루 대접할 줄을.

그땐 왜 몰랐을까!
그땐 왜 몰랐을까!

〈2017년 7월 27일〉

아가 (2)

아가는
조금도 오염되지 않은
자연이다.

아가는
티 없는 울음으로
배고픔, 불편함, 아픔을 표현한다.

아가는
웃을 때 거짓소리를 내지 않는다.
그저 좋아서 웃는다.

아가는
모든 걸
사랑한다.

〈2017년 8월 4일〉

행복

2년 7개월 된 손녀가
우리 집에 올 때마다
내 옆에 누워 "할아버지가 좋아!"라며
잠자는 내 뺨에 수없이 뽀뽀를 한다.

거실의 소파에 잠든 내게
할아버지 춥다면서
고사리손으로
이불을 덮어 준다.

이 기쁨,
이 행복을
무슨 말로 표현하리.

〈2017년 12월 24일〉

입

가벼운 입은
미풍에 날아가는 나뭇잎.

무거운 입은
폭풍에도 움직이지 않는 바위.

가벼운 입은
재앙을 부른다.

무거운 입은
재앙을 막는다.

〈2022년 1월 30일〉

고백

기쁠 땐
어린이처럼 깔깔대고 웃었어요.

화가 날 땐
화산처럼 폭발했어요.

슬플 땐
하늘을 바라보면서 엉엉 울었어요.

님이 보고 싶을 땐
대중가요를 목이 쉴 때까지 불렀어요.

외로울 땐
폭우 속을 지칠 때까지 걸었어요.

〈1963년 1월 30일〉

내가 좋아하는 것

나는
봄의 보드라운 바람을,
여름의 뭉게구름을,
가을의 벼 익는 냄새를,
겨울의 함박눈을
좋아한다.

〈1975년 11월 1일〉

연두색

아름다운 봄꽃이 지고
새롭게 돋은 연두색 잎.

연두색은
천진난만한 어린 아기.

〈2022년 4월 9일〉

인생 (2)

인생은 전세살이
이리저리 떠다니다가
정해진 때가 되면
모든 걸 버리고
이승을 떠난다.

〈2012년 3월 18일〉

노인의 나이

노인의 나이는
세월의 노예,
급히 흘러가는 강물.

〈2022년 4월 25일〉

모란꽃

어머니가 샘터에 심어 놓은 모란이
예쁜 꽃망울로 반긴다.

꽃망울마다 어머니의 정을 담고 있다.

모란꽃의 그윽한 향기에서
어머니의 냄새가 난다.

〈2020년 4월 21일〉

아내의 죽(粥)

아내는
때가 되면
온갖 정성을 다해
팥죽을 끓인다.

아내는
때가 되면
온갖 정성을 다해
호박죽을 끓인다.

팥죽과 호박죽엔
아내의 사랑이 담겨 있다.

〈2018년 6월 2일〉

모든 건 사라져 버린다오

모든 건 강물처럼 흘러가 버린다오.

슬퍼하지 마오.
괴로워하지 마오.
외로워하지 마오.
분노하지 마오.
미워하지 마오.
원망하지 마오.
질투하지 마오.
걱정하지 마오.
탐욕하지 마오.

이 모든 건 사라져 버린다오.

〈2018년 8월 25일〉

월미도의 여인

2018년 6월 14일 오전
월미도(月尾島)에
추적추적 비가 내린다

한
여인이
하염없이 비를 맞으며
월미도 해변을 거닌다.

말 못 할 사연에 질린 듯
핏기 없는 얼굴로
느릿느릿
월미도 해변을 거닌다.

이따금 걸음을 멈추고
한동안
슬픈 눈으로 망망대해를 바라본다.

누구와도 말할 수 없는
절망의
아픔이 있는 걸까.

그녀의 마음을 대신해 주듯
월미도 해변에
소낙비가 꺼억꺼억 내린다.

〈2018년 6월 14일〉

사모(思慕)

어머니,
당신은
사랑과 헌신의 화신이셨습니다.

어머니,
당신은
가녀린 여성이 살기 어려운
시대에 태어나시어
저승으로 떠나시는 순간까지
온갖 풍상을
품 안에 따뜻이 보듬고
사셨습니다.

당신을 아프게 하는
사람들에게
모래알만큼의
불평, 원망도 없이
늘 따뜻한 마음으로 감싸셨습니다.

당신은
아무도 돌보지 않는
이름 없는 꽃들도
소중히 돌보시는
천사이셨습니다.

마지막 순간까지
어머니 당신은
사랑과 헌신의 화신으로
그렇게 사셨습니다.

어머니, 저승에서는
이승의 무거운 짐을
훌훌 벗어 버리시고
편히 즐겁게 사시옵소서.

〈2001년 5월 8일〉

어느 노인의 기도

아무런 대가도 바라지 않고
좋은 길로 인도해 준 분에게 감사하게 하소서.

아무런 이유 없이 고통을 안겨 준 이들을
따뜻한 가슴으로 용서하게 하소서.

온갖 풍파를 이겨 내며 꿋꿋이 살아온 자신을 겸허히 사랑하게 하소서.

여생은 지난날보다 더욱 탐스런 열매를 맺으며 살도록 도와주소서.

〈2023년 1월 2일〉

님의 쾌유를 빌어요

이 세상에서
가장 소중한 님이여!

혹한을 이기고
따뜻한 봄기운 따라 파란 하늘을 향해
힘차게 돋아나는 새싹처럼,
눈 속에서 피어나는 매화처럼
그렇게 사시길 간절히 빌어요.

이 세상에서
가장 소중한 님이여!

〈1998년 6월 5일〉

어린이 놀이터

코로나 바이러스가 번창하는
늦가을 되니 외로움이 파고든다.

일생에 한번도 느끼지 못한
즐거움을 준 손녀가 생각나면
그 녀석이 놀던 놀이터에 간다.

텅 빈 놀이터엔 그 녀석이 즐겨 타던 그네가 쓸쓸히 멈춰 있다.
깔깔대며 그네를 타는 그 녀석이 선명히 보인다.

〈2020년 10월 22일〉

가을 이미지

거울같이 맑디맑은 푸른 하늘

넓은 들녘에서 익어 가는 벼 이삭 냄새,
꽃처럼 익어서 주렁주렁 매달려 있는 감,
살포시 벌어진 밤,
가을 길에 환영하듯 피어 있는 코스모스,
그 위에서 춤추는 고추잠자리,

풍성한 가을이 익어 간다.

〈2010년 10월 20일〉

그리움 (2)

멀리 피어오르는
아지랑이에서
봄 내음새를 맡는다.

파란 하늘에
떠도는 뭉게구름에서
여름을 느낀다.

탐스런 벼이삭이
고개 숙인 들판에서
가을 내음새를 맡는다.

얼굴을 따뜻이
어루만지는 함박눈에서
여유와 풍요를 맘껏 맛보던
순진진무구한 어린 시절

그 아이는 지금 무얼 할까?

〈2012년 11월 19일〉

이제야 알았네

칠십대가 되어서야
아내의 참사랑을 알았네.

맛있는 반찬에 섞여 있는
참깨, 참기름, 들기름,
고추, 마늘, 파
짧게 자른 부추에서
아내의 사랑을 보았네.

늙은 남편을 귀찮아 하는 세상인데
내 아내는
전보다 온갖 정성으로
심신을 보살펴 준다네.

늘 "고맙소!" "고맙소!"
되뇌이며 산다네.

〈2022년 10월 27일〉

깊은 울림

어린 손녀가 세뱃돈 중에서
내 책갈피에 놓고 간 1만원 지폐.

왜 놓고 갔느냐고 전화하니
할아버지 쓰시란다.

〈2023년 1월 25일〉

늦가을의 비

낙엽은 원점으로 돌아간다.
추수가 끝난 논은 황토 벌거숭이를 드러낸다.

늦가을의 비는 한 해의 삶을 반추하면서
반성과 참회를 하게 한다.

〈2022년 11월 28일〉

가족의 울타리

자녀가 유소년 시절엔
부모가 사랑의 울타리.

부모의 노후엔
자녀가 사랑의 울타리.

부모와 자녀는 상생 관계.

〈2020년 12월 5일〉

우리를 아프게 하는 인간들

부모의 은덕을 헌신짝처럼 저버리는 인간
신통치도 않으면서 제일 잘난 척하는 인간
노력하지 않고 공짜로 얻으려는 인간

수단과 방법을 가리지 않고 축재하는 인간
권력을 최고의 가치로 알고 교만 방자한 인간
부끄러움을 모르고 악하게 언동하는 인간

남을 의식하지 않고 무례하게 언동하는 인간
험이 많으면서 남의 티끌 만한 험을 과장해서 떠벌리는 인간
도둑질하고 뻔뻔한 낯빛으로 오리발 내미는 인간

강자에겐 쩔쩔매고 약자에겐 잔인한 언동을 하는 인간
남들을 배려하지 않고 모든 걸 독차지하려는 인간

이런 인간들이 우리를 아프게 한다.

〈2015년 1월 9일〉

이주행(李周行)

문학 박사
현재 중앙대학교 명예교수

서울대학교 사범대학 국어교육과 졸업, 학사 학위 취득
서울대학교 대학원 석사과정 수료, 석사 학위 취득
성균관대학교 대학원 박사과정 수료, 문학 박사 학위 취득

중국 베이징 소재 중앙민족대학 한국학 파견 교수
중국 베이징 소재 중앙민족대학 객좌 교수
한국 화법학회 회장
중앙대학교 문과대학 학장
한국방송위원회 방송언어 특별위원회 위원장
교육부 국어과 교육과정 심의위원장
KBS 한국어연구회 자문위원 / EBS 우리말 연구소 자문위원 역임

저서

『현대 국어 문법론』, 『한국어 문법 연구』, 『한국어 문법의 이해』, 『한국어 의존명사의 통시적 연구』, 『외국어로서의 한국어 문법 교육론』, 『알기 쉬운 한국어 문법론』, 『한국어 어문 규범의 이해』, 『한국어 어문 규범의 평가』, 『한국어 의존 명사 연구』, 『방송 화법』, 『화법의 원리와 실제』, 『언어학과 문법 교육』(공저), 『화법 교육의 이해』(공저), 『한국어학 개론』(공저), 『국어 의미론』(공저), 『표준 한국어 발음 사전』(공저), 『아름다운 한국어』(공저), 『대중 매체와 언어』(공저), 『사회와 언어』(공저), 『교사 화법의 이론과 실제』(공저), 『리더와 말 말 말』(공저), 『신문 방송 기사 문장』(공저), 『화법 교수·학습론』(번역), 『비교─ 역사 언어학』(공역), 『인간관계와 의사소통』(공역), 『향기로운 인연』(공저) 외 다수

e-mail : juhlee21@hanmail.net / juhlee@webmail.cau.ac.kr
homepage : ljh.or.kr

살맛 나는 세상

2023년 7월 26일 초판 1쇄 펴냄

지은이 이주행
펴낸이 김흥국
펴낸곳 보고사

책임편집 이소희
표지디자인 김규범

등록 1990년 12월 13일 제6-0429호
주소 경기도 파주시 회동길 337-15 보고사
전화 031-955-9797
팩스 02-922-6990
메일 bogosabooks@naver.com
http://www.bogosabooks.co.kr

ISBN 979-11-6587-527-5 03810
ⓒ 이주행, 2023

정가 16,000원